神州奇侠唐方一战

◎著 温瑞安

作家出版社

目录·

"神州奇侠"始写于一九七七年，那时我正办神州诗社，心情义气，因人常热。那一段结交朋友、重视兄弟的时光岁月，不仅令我向往回味，连现在失散的兄弟朋友，就算他们嘴里也许说的是诿语怨言，心里也确知那一段日子确曾真诚相待、相知相守，只惜稍纵即逝，人生难再。奇怪的是，执笔的当时情节何等热闹辉煌，但行文里却早已洞悉日后的变化无常，似已万阶行尽，沧桑遍历。有时候人生梦幻难以逆料，仿似真有命运在，只是人总是不服气，要跟他作方寸之争罢了。

特别好玩的统计是：除了我命中注定的江湖岁月，任侠生涯亘常变易，简直是不让一天无惊喜之外，我的写作生命中，连发表、出版的集中地，或可戏称为"热点"，也近乎（最慢）七年一易。如以我在一九六七年念初中一时即全面执编"绿洲期刊"及"华中月刊"和在大马文艺刊物正式且密集地发表作品为开始，至一九七四年我同时办成"天狼星诗社"和十大分社，并执编多种刊物，主办多次全国性文艺会聚，直至一九七四年年底我和一班元老干部赴台为暂结，我的"文艺活动范围"，多在新马。一九七四至一九八〇年的七年则在台办"神州诗社"，进而"神州文社"，最后"神州社"，出版"神州文集"，成立"神州出版社"，编着诗社史及"青年中国杂志"。一九八〇年"出事"后，一九八一至一九八七年这七年我多在香港，照样在那儿成立"朋友工作室"，并在那儿大量创作、发表、连载、出书，兼涉影视圈。一九八七至一九九〇年我重返台湾，曾大量地在报章发表、连载、出版各种作品、各类小说，这三四年间"活跃"范围也比较广泛，新马也有多个连载，且有发表频密度甚高的专栏和专题作品，同时在韩国等地也有连载小说，在中国大陆更有比较可观的出版成绩，在香江的事业也并无中辍，并成立"自成一派合作社"。从一九九一年始的七年内，我的书在中国大陆得到大量读者支持，成立了所谓"温派""温迷"的组织，我自一九九三年起在内地也逗留了比较久长的时间。

往后该怎么去？我也不知道。大江依然东去，且看时间之流拿我作品怎么办？生命之旅把我送到什么地方去？随遇而安，最重要心安，既然当不了别人，也不想当别人，我还是当我的温瑞安。

如此匆匆又过二十载，"神州诗社"远矣，但大好"神州"，依然活在我心中、笔下、江湖传说里。我先前的想法比较倾向：失败，只是尚未成功。现在的看法是：失败，只是因为快要成功。

　　　　稿于一九九八年三月十四日
　　　　与静飞相见后从此天涯海角喜怒哀乐携手不离不弃／温何叶念仪孙彩观赏静之一舞
　　　　校于一九九八年三月十四日
　　　　在"双天"酬酢刘华林、庞开祥、林雪婷、周晏燕、叶鸿图等，因与小飞有小妒，憋气，谈过往为气功师所伤及当年事，十分戏剧性／转道水湾，静之第一滴泪，惜之／常安书店发现云南新评点版"会京师"／叶浩发现"中友"新版"温瑞安作品全集"／自此日起刘静每日均至乐此间，有影皆双。

这是一部应该在十年前完成的书。

十年前，就是一九七九年，那时，《神州奇侠》八部已写近尾声，按照当时的情节推展，流风所及，应该是余情未了、余波未伏，至少还得要为故事里的男女主角：萧秋水和唐方再写一部《蜀中唐门》和《唐方一战》才算功德圆满。

不料，一九八〇年中，"神州"遭"劫"，一夕尽毁，写"剑气长江""跃马乌江""两广豪杰""江山如画"的笔者，原以为在跟一群"英雄好汉"去"闯荡江湖"之后，能够陶然于"神州无敌"的意境之中，不料只换来"寂寞高手"，终至"天下有雪"的终场，这些都是《神州奇侠》系列的书目，但却成了一条河般的命运七回八折大冲大击大起大落大扬大折大生大死的流向，也像河一般地在岁月里流亡。

长江、黄河也是这样的吧？没有周折，就没有大江大河的风姿——用这样来安慰自己，无疑很可以安慰／鼓舞／激励乃至欺骗了自己。

十年后终于还是写完了《唐方一战》，虽然此水已非前流，我此刻所写下的肯定不是十年前所想写的和要写的，不过它还是道道地地地地道道的"唐方一战"——对"唐方"和创造唐方的人而言，这是一场打了十年之战。

写这篇文字的数天之前，十七年前我曾任命请托她在大马创"绿林分社"的林醉（陈美芬）来港，大家在"黄金屋"里相叙，多年来的小小误会和大大隔阂，非但冰释，更已火熔。她向我提到，"我知道你的为人：你说过在哪里跌倒，便要在哪里爬起来的。"我笑说没么严重，现在，我更懂得的方式是：就算

"仆街"（或摔倒），也懂得"仆"（摔）得潇洒一些，或假装俯身去拾钱币，或佯作支颐伏地歇息歇息。反之亦然。就算我有一天已飞上枝头变凤凰，我也晓得回到树根来扮扮乌鸦。武侠小说写下去，不欲暴力血腥太甚，亦不妨写成"止戈"为侠的"舞侠小说"！

始终认为：人在江湖，身不由己，那只是人在不够定力、才力、实力、阻力时的借口而已。问题是：人在世间，谁无借口？谁不自欺？

温瑞安于一九八九年四月与梁、谢二侠赴台行

第壹回

我不哭

一切的经验都是从教训中得来的。

她是一个不惯于在人前淌泪的女子。

她认为流泪是弱者所为。

——作为一个女子，可以温柔，可以温顺，但不可以动不动就流泪：流泪也分为两种，感动伤心时流泪不妨，人非草木，孰能无情？一个还会流泪的人正因为他仍有情，唐方觉得自己正是个多情女子；可要是受了委屈、觉得恐慌时的泪就不能流，而且还万万流不得，因为在劣势时流泪，岂不是示弱？在软弱的时候流泪，岂非博人同情？人生在世，有强有弱，何必把自己列作弱者那一类，让人同情！

唐方一向觉得向别人博取同情是件可耻的行为。

她是唐门唐方，为啥要博人同情？有什么事是自己的聪明和双手及一身光明正大的暗器所不能解决的？

所以她从不因害怕而流泪。

"悲愤"二字对她而言，她只"化悲愤为力量"，一旦好打不平，不惜一怒拔剑。

可是一切的经验都是从教训中得来的。

谁都曾经历过刚出道的日子。

刚出道的时候，唐方也"哭"过一次。

当众流了一次泪。

——那次的事可真教唐方"没齿难忘"。

不过，那一次后唐方的反扑，也教武林中人"大吃一惊"。

从此对她也"印象深刻""刮目相看"。

那时唐方还只初涉江湖，名气已相当大。

她在唐门的辈分虽然决不算高，在蜀中唐家一门里至少有七百三十五人可以算作是她的"长辈",可是她的武艺却是主掌唐门大权的唐老太太亲授,何况,她还是隶属唐门嫡系,唐老太太特别宠爱的人。

那次她哭了。

——那一哭换来哄笑。

(如果当时他们不笑,就不会有后来的大吃一惊。)

那是在"一风亭"发生的事。

事件的起因,皆为"争强斗胜"。

十八名当世年轻一代的暗器好手,谁也不服谁,于是聚在"一风亭",请来了两位暗器名宿:"火鹤"雷暴光和"朱鹳"唐不全。

"火鹤""朱鹳",都是暗器高手中的前辈,一位是川中唐门的供奉,一位是江南霹雳堂的长老。

由他们出面来甄试:谁才是年轻一代暗器的"第一把手",似是最公平不过的事。

而且没有人敢不服气。

——就算有人会不服火鹤朱鹳,但敢于无视四川唐家堡和江南雷家庄的威望和实力的人,恐怕再等三百年都不会出世。

所以,有火鹤朱鹳主持公道,人人服气。

这一次"'一风亭'暗器大赛",也可真是风云盛会,就连向来看不起暗器也不使暗器的黑山白水、绿林红袍大阿哥"山大王"铁干等人,也率众来看热闹。

九场比试下来,剩下了十一个人——其中有两场是打和,其余七人输得不敢吭气。

又打了五场下来，剩下了六名得胜者，这六人谁也不服谁，所以又战了三场，其中有一场两败俱重伤，一场平分秋色，一场是唐方得胜，故此只剩下了三个优胜者。

按照道理，只有唐方是完完全全地击败了对手，理应独占鳌头才是。

可是打成平手的那两人绝不服气。

他们都是江湖上极有名的使暗器好手：

"大石公子"杨脱和"志在千里"雷变。

他们两人打成平手，不分胜负，唐方却觉得两人似都未尽全力。

——就算他们都竭尽所能，她觉得自己绝对可以稳胜过他们。

"朱鹤"唐不全偷偷地跑过来劝她："小方，我看你还是不要打的好，杨公子和雷少侠的暗器，可难防得很，万一你有个什么闪失，我也不愿。"

唐方笑了："我应付得了，五十七叔放心就是了。"

"火鹤"雷暴光也悄悄过来劝她："世侄女，我看你还是算了吧，这儿高手如云，你拿个第三，也该心满意足了，何必栽在台上呢！"

唐方不以为然："雷叔叔以为我输定的么！说明要分高下的嘛，就算是雷叔叔和五十七叔上台，我也要打了才说、比过才算！"

雷暴光冷笑，跟唐不全摇了摇头，唐不全似是叹了一口气。

唐方才不管这些。

那时候，初生之犊不畏虎的唐方，只顾以自己绝世之才求俗世之功，并不懂得太多的人情世故，自抑自制。

——直至现在，她也依然故我。

那时已入暮，火鹤朱鹳宣布明日才作决赛。唐方看见唐不全和雷暴光跟雷变杨脱喁喁细语，小声说话大声笑，她也不以为意。

那十八名年轻一代暗器高手中，除唐方之外，另有两名女子，一个叫"三生有幸"古双莲，一个叫"红唇刺"梅琪，她们两人都来劝唐方："你还是不要打下去了吧，认了第三名，那也不算丢脸呀，你看，我们可是一早就给淘汰出局了呢！"梅琪苦口婆心地说。

"第三名？"唐方说，"要么就拿第一，捞个第三名来做什么？当压岁钱？"

"唉，小方，你有所不知嘞，杨脱是唐不全的大女婿，雷变是雷暴光的亲子侄，"古双莲执意劝唐方弃战，"你想，雷暴光和唐不全怎会让你独占榜首呢！"

"我打赢他们，不就得了么！"唐方仍不放在心上，"你们放心吧，第一，我会赢的；第二，我看五十七叔和雷叔叔都是公私分明的人。"

唐方就是不听劝。

第二天早上，唐方在客栈房间木盆里洗澡。

她有清晨沐浴的习惯。

忽然间，楼下有人大叫："抓小偷呀！"接着人影晃动，人声浩荡，在门前闪晃。

唐方忙叫道："别进来，我正在……""砰"的一声，门已给撞开。

为首的是杨脱和雷变，相继闯了进来，其他十一二名暗器好手，也全都拥入房里来。

唐方身无寸缕，只好缩进木盆里，尴尬异常，涨红了脸，叫道："出去！"

那些进来的登徒子，大呼小叫，还故意走前来涎着笑脸张望："哇，唐姑娘可真有兴致……"

"啊呀，唐小妹不怕冷着吗？"

"唷，唐师妹的身段可真棒啊，我行遍天香楼都觅不着一个——"

"唐大妹子，冒犯了，咱们原是来抓贼的，却大饱了眼福！"

雷变和杨脱领头起哄。

唐方气得快要哭出来了。

她的兵刃都不在身边，自然也不会把暗器带到木盆里。

她无计可施，只有把身子尽量往盆里缩。

偏偏那一干人又往前逼来。

"无耻！"唐方怒叱，"滚出去！"

"滚？"雷变笑得连左颈那颗"美男痣"都弹动了起来，"我们还要抓贼呢！你盆底里有没藏了一个？"

"咦？大清早的唐女侠不穿衣服候在这儿，莫不是想色诱我们？"杨脱用手背敲了敲木盆沿口，故意要蹲下身去，凑过脸去，一面道，"想咱哥儿俩在擂台上俯首称臣不成？"

唐方忍无可忍。

她出手。

她手上没有兵器。

也没有暗器。

她身上并无寸缕。

——她总不能赤裸裸地跳出来跟这些浮浪无行之徒动手吧？

她并没有离开木盆。

盆里有水。

她泼水。

力注于水，千滴万点的水，在阳光晨色照出斑斓绚丽的色彩中，成了最密集而透明的暗器。

这些暗器虽还不能每一滴都把对方打穿一个窟窿，但至少把那些浮滑年少攻其无备的打得掩目的掩目、遮脸的遮脸，狼狈不堪，大声呼痛。

这时，梅琪和古双莲已及时赶了过来。

唐方说什么都是蜀中唐门最有权力的女人——唐老太太——的宠孙女，他们毕竟都不敢闹得太过分。梅琪和古双莲一到，他们只好哄笑散去。

唐方的花容月貌，其实早已使这一干登徒子色授魂销，只是唐方若非憎厌他们浮滑无行，就是嫌他们使暗器的手段卑鄙阴狠，总瞧他们不上眼，从不假颜色。

这干无行之徒，趁闹闯入唐方住室，窥她出浴，之后多神魂颠倒，念念不忘。

倒是唐方自己却真的咬牙切齿、念念不忘。

她誓雪此辱。

当天正午，比试继续。在开战之前，每人总要把"暗器囊"交与朱鹳火鹤检核，以防有人淬毒和携带杀伤力强大的暗器上阵，可免伤亡。

——例如雷家霹雳堂的高手，向以火器成名，要是他们在暗器里装上强烈火药，只怕当者披靡，难免血肉横飞了。

——要是擅使毒药的"老字号"温家，或是雷家的"毒宗"好手，把无形剧毒喂在暗器上，只怕不但见血封喉，连不见血只遇风便夺人性命，更是防不胜防。

是以，参赛者的暗器都得要先行检验过。

毕竟，这种擂台比武只为分胜负，而不是十冤九仇，非定生死不可。

唐方带了十一种暗器，其中有两种是她的绝门暗器。

她把镖囊交给雷叔叔和五十七叔检查。

然后，她便上了擂台。

雷变和杨脱笑眯眯的，眼色完全不怀好意："唐小妹子，你可穿上衣服了，大家见惯见熟了，这回咱们就让你一让又如何？"

"唐小姑娘，自今晨别后，为兄可想念得很啊，我们哥儿俩，你选哪一个先上，都随你意好了。"

唐方寒着脸，用力抿着唇，昂一昂首，道："你们两个一起上吧。"

杨脱和雷变一齐笑了起来。

"姑娘兴致可真不小，胃口忒大的呢！"

"一齐就一齐，是你叫的。咱们可乐着呢！"

唐方没听懂雷变和杨脱话里的狎侮之意。

她只听到台下的怪笑和怪啸。

她很气愤。

她脸白如春雪，腰细如纤草，玉靥如乳，粉肌如蜜，眼色柔媚如夏月，眉宇间英爽如剑气。她用力地抿着唇，以致两颊陷了两朵深深的梨涡。连欲泣时都是带着两朵教人眼神失足的梨涡。

她气得要哭。

想哭。

（我不哭。）

（我绝不哭。）

（我绝不能在我鄙恶的人前流泪。）

她等。

她等他们上台来。

他们一上台，她就出手好好地、狠狠地、痛痛快快地教训他们：

——好让他们知道我唐方是不好惹的，不是好惹的！

第贰回

写意大泼墨

唐方对人，一向有个原则：人对她好，她对人更好；人对她坏，她才会对人坏。

唐方对人，一向有个原则：人对她好，她对人更好；人对她坏，她才会对人坏。她总以为她对人好人也会对她好，不知道江湖上也有一个不成文法则：人对他好，他就欺人；人对他坏，他才怕人。

至于杨脱和雷变，也可真不要面，两人真的一道上擂台。

其实这件事，在前一天晚上，雷变已跟杨脱讨论过：

"唐方这小娘儿虽然迷糊懵懂，脾气又大。可是手底下决不弱，你没看见她今天跟'行云流水'徐舞比拼的那一场——"雷变搔搔颊边亮闪闪的黑痣，道，"徐舞边舞边放暗器，他的舞姿能令人眼花缭乱、目不暇给，他的暗器自然也在声东击西之际百发百中，可是，他遇上唐方，一下子就给她的'写意大泼墨''留白小题诗'打了下来，看来，咱们不可小觑她，咱们得防终年打雀，今儿教雀儿琢瞎了眼！虽说早已内定咱们是得胜者，但可别在阴沟里翻了船，栽在雌儿的手上！"

"防！我怎么不防！打从第一阵我就看见'百发千中'张小鱼竟然两个照面就伤在唐方的'泼墨神斧'和'留白神箭'下，我还会不防么！"杨脱也沉重地说："幸好这雌儿手底有两下子，但江湖经验还差太远，把她气疯了，不难智取！"

说着，忽然毛躁了起来，一拍桌子，迸出一句："他奶奶的，那雌儿真美得教人心痒！"

"你我还怕没得痒么？她一个女子闯荡江湖，还能翻得出五指山么！"雷变诡笑着说，"再说，光叔和唐老，哪个不为我们出头的！"

"可得小心些！"杨脱倒又谨慎了起来，"说什么，也不能得罪'蜀中唐门'那老虔婆，否则，玩她三五十个唐方算个什么，只万一惹怒了半个唐老大太，咱们可就要吃不了兜着走！"

"兜着走？"雷变以双手手心向天托在乳前，狎笑起来，"咱们大可借刀杀人、杀人不见血嘛！兜？我就看她明儿怎么兜得住！"

两人一面谑笑，一面找来了一伙死党张小鱼等，设计了抓贼闯室一节，而今唐方一时气愤，把话说猛了，两人又借机一起上台应战。

"好！"唐方觉得这些人的笑和闹都是一种合谋，她气白了靥，气寒了脸，她不怕，比武就是比谁高明，好，要来，都一起来好了！"来吧！"

杨脱使的是石锁。

——暗器讲究轻、快、小、巧，怎能使沉重庞大的石锁为"暗器"？

可是杨脱能。

他天生神力，举重若轻。

石锁给他挥动起来，轻若无物。

但是唐方却给逼得无处可闪、无可容身。

连靠近台前三丈以内的人，也给石锁带动的劲风逼得透不过气来。

台上只有石锁的劲风罡气——仿佛偌大的擂台上，就只一只巨大的石锁在自行激舞！

令唐方最感棘手的，还不是这只石锁。

而是在石锁漫天激撞中，以一条细若柔丝的鞭子为暗器的"志在千里"雷变！

雷变的鞭，变化万千！

至可怕和最难应付的，既不是杨脱的石锁，也不是雷变的鞭，而是杨脱的大石锁配合雷变的透明鞭!

本来,唐方还是可以应付的。

因为她有"留白神箭"和"泼墨神斧"。

——只要敌手有一丝空罅,她便可以发出"留白神箭"!

——就算对手极强,她也可以"泼墨神斧"硬拼!

可是,此际唐方完全不能拼。

因为她手上完全没有拼的武器。

她的镖囊已"没有了"暗器!

她的暗器原都在镖囊里,怎会"没有了"的呢?

她自己也不明白。

她明明把针和刀都放入镖囊里的,怎么会……?!

她已不暇细思。

杨脱和雷变已全面地向她发动了攻势!

杨脱与雷变已志在必得,势在必胜!

他们以二敌一,唐方只是一个弱质女子,何况她手上已失去了反击的武器——

他们已没有理由不能取胜!

不过他们并没有马上得胜。

因为他们低估了唐方另一样绝艺:

轻功!

唐方的"燕子飞云纵"竟能在杨脱和雷变联手攻袭之下,仍能保持不败。

至少,不让这两个机诈的男人逼下台来。

直至杨脱见久战不下，他做了一件事。

他吐气扬声。

震碎石锁。

石锁一旦碎裂，里面跃出至少四百六十只蝎子、蜈蚣、蜥蜴、蝙蝠、蛆虫、蝾螈、毒蛇、老鼠之类的事物，全成了"活的暗器"，噬向唐方。

唐方怕极了。

她不怕死。

她怕脏、怕虫、怕这些令人恶心的东西！

在这样的"绝境"之下，她竟然还凭着绝世轻功，尽在上方翱翔不下，勉力支持着不致给逼下台去。

擂台上的唐方，犹如燕子翱翔，又似有七个唐方。

直到雷变忍无可忍，又怕夜长梦多，所以终于出了手——

毒手。

他的"毒手"是不必动手的。

他只动脸。

脸上的肌肉一搐，他颊边的"痣"就疾射而出！

这一下，唐方再防也防不着。

她吃了一"痣"，软倒于地，那些虫蚁蛇蝎尽往她身上爬来。

这回，她吓得叫起来。

"住手——"唐不全终于起身清了清喉，说了话："把毒物收回去。"

杨脱不敢有违。

唐方悲愤地说："杨脱怎能用这些毒物来比斗？雷变还暗算我——"

唐不全慈和一笑道："杨公子的毒物，并没有真的咬着你是不是？那便也不算犯规。"

雷暴光悠然地道："暗器本就要让人防不胜防，雷变的暗器并无不妥，而且还十分出色。"

唐不全穆然，朱衣猎猎而动，一字一句地说："小方，你败了，就得认输。"

雷暴光庄严地道："这次'一风亭'暗器大赛，杨脱和雷变都获魁首，不分轩轾；至于小侄女，能名列第三，已经算是难能可贵了。"

说罢哈哈大笑，两人上前向杨脱和雷变道恭。

唐方忽然之间，一切都明白了。

她明白自己镖囊中的暗器何以会无缘无故地"不见了"。

这一刻里，她觉得很气、很冤，一股屈气上冲，使她终于哭了出来。

她是泪流到颊上，觉得痒痒的，一揩，才知道自己哭了。

大家都看到个从月亮飞下来的异物一般地注视她，有的脸上还掩饰不住恶意的笑容，有的表情还充满了同情来表示自己的厚道，有的没笑也没同情，眼神里只洋溢着"活该"两个字，还有大部分的人，都哄笑了起来。

——看到人哭，最有同情心的人也会觉得自己的遭遇实在要比哭的人好上太多了！

看见人哭仿佛就是一件值得庆幸的事。

——好像人类活着就只可以笑不可以哭似的！

在江湖上，似乎"哭"比"输"还要不堪，比"失败"还教人瞧不起！

　　唐方知道自己哭了。

　　她恨自己的眼泪不争气！

　　（我不哭！）

　　（我不能哭！）

　　（我不要哭给他们看！）

　　这样一急，泪儿就像怕就此不能面世一般地纷纷而下，忍也忍不住。

　　唐方走了。

　　她的哭成了"闹剧"。

　　她不是因"败"而去，而是因自己那不争气的眼泪而走。

　　大家留着不走，庆贺杨脱和雷变的胜利。

　　杨脱笑着说："还是你那一颗'飞痣'使得！要不然，她还要赖在台上不走呢！"

　　雷变摸摸颊边那一颗"新痣"，踌躇满志地说："我的一颗痣，换她千滴泪……女人真是祸水！"

　　"祸什么水！"杨脱又暧昧地笑着，"她身段那么诱人，咱们喝她一点洗澡水也不算什么！"

　　"她走了……"雷变也诡诡地笑了起来，"怪想她的。"

　　连在这场比赛输了的张小鱼也说："唐方真不自量力。这场比赛摆明了是要捧谁出来的，愿赌服输，她算什么？她争什么？也不自量力！你看我，专程来输给雷兄和杨大哥的，输得还心服口服，脸上有光呢！"

　　就算"红唇刺"梅琪也说："我已遵照两老的嘱咐劝了她了，

她还是见好不收，现在还当场痛哭，我啊，真是同情她；她呀，也真小气！样子长得还可以，手底上有那么几下，唷，可真以为三江五湖能横着走哩，现在么，不变成哭着喽！"

雷暴光则摇首叹息道："小侄女真是心高气傲，不知好歹，这江湖是要老大哥们肯扶你起来你才起得来，这武林是要大家捧你的场你才上得了场，这都不懂，要不是看在唐门老太太面上，哼，唏！"

唐不全抚髯尝酒，悠悠地道："在江湖上混的，谁不沾点尘，啥都要翻过滚过！这一点点小事都哭成这样子，实在没经过大阵仗，不成器得很！我说在老太太面前禀报过：勿让乳臭未干的小娃儿出来现世，以免有辱敝门声誉……老奶奶就是偏心！"

杯觥交错，大家在擂台下劝酒狂欢，一面为得胜者庆贺，一面以唐方的稚行成为话题的佐肴助庆。

就在此时，一阵燕子剪空般的轻风急掠而过，落在黑漆漆的擂台上。

只听一个坚清、清脆、脆利如刀风的语音清晰地说：

"这是我和雷变、杨脱的事，不相干的就站到台下去。"

他们抬头一看，黑黝黝的台上就一张白生生的脸，就连嗔怒也是清丽的。

台上站的是身着黑色密扣劲装肩披黑氅内卷猩红褂的唐方。

唐方回来了。

唐不全霍然起身，摆出一张长辈嘴面："你要干什么？给我下来！"

"叫杨脱和雷变把我打下来，"唐方的语音断金碎玉，"要不然，他们就给我打下台去！"

雷暴光一摔酒杯："唐方，要不是你是我的侄女，我周全你，你还能站在这儿胡闹！你还当不当我和唐老是你的长辈？"

"如果公道，你们就是我的长辈，"唐方的声音脆利如冰，"可惜你们不配！"

唐不全和雷暴光全变了脸。

杨脱和雷变一向看得懂长辈的脸色。

所以他们再也不必"客气"。

他们飞身上台。

他们知道这次要是擒下唐方，随他们怎么"发落"，大家也不敢再有异议。

他们一上擂台，黑暗里那张白生生的脸倏然不见了。

然后他们就有一种感觉。

一种暗器来袭的感觉。

可是他们并没有看到任何暗器。

——他们虽然年轻，但有着多年的对敌经验，加上他们自四岁起就开始接触暗器，他们就是凭这一种"感觉"，感觉到"暗器来了"！

发觉到"暗器来了"却不知暗器在哪里——这是极可怕的一件事。

台下灯火通明。

台上极暗。

比赛之前，那一座人搭起的擂台就是主角。

没有它就没有人是主角。

比赛之后，偌大的擂台已被人遗忘在那儿，谁都不再注意它，谁也不会再关心它，谁亦懒得再看它一眼。

所以台上一片漆黑。

——对了，漆黑！

"黑"就是"暗器"。

唐方所发出来的暗器，就是：

"黑"！

就在这一霎间，杨脱觉得自己至少着了一千七百二十三道暗器，雷变觉得自己已给暗器打得全变了形！

他们明知道有暗器、暗器来袭，却闪不开、避不了！

那是什么样的"暗器"？！

杨脱吼道："火、火……"

雷变大叫："光，我们要光！"

台下一个沉嘎的语音叱道："把火把扔上台去！"说话的正是唐不全。

至少有三十支火把一齐扔上台来。

擂台上立时通明。

杨脱和雷变这才发现自己还没有死。

杨脱的发须上嵌了一柄斧头。

一柄小小的斧头。

只要再往下砍落一寸，斧锋就会切入杨脱的头壳里，去问候他的脑浆。

雷变却没有伤。

什么伤也没有。

他很高兴——高兴自己在黑暗中还避得过唐方的攻袭，他摸了摸颊边的"黑痣"想要扬声说几句撑场面的话，却发现那颗"痣"竟不见了。

然后他才发现一柄小斧，斧尾兀自颤晃，斧锋嵌入木柱上——而他的那颗"痣"，已给斧锋削下来劈入柱子里！

众人一阵哗然。

——这时候，大家看唐方的神情，恰好在跟刚才看唐方哭的时候迥然不同。

雷暴光变了脸色："唐方，你要干什么？！"

唐不全怫然道："小方，你再来搞局，别说我帮理不帮亲。"

台上的女子，以极优美的手势卸下面纱——她刚才把黑色面纱遮去白生生的脸，就完全跟黑暗融为一体了——也以极悠然的语音说："我回来，只要挣得两个字。"

"公平。"

她说。

"对，就凭刚才唐姑娘那一手'写意大泼墨'的'黑斧偷心'，"台下一个声音朗声道，"唐方不是第一名就不公平。"

唐方笑了。

梨涡深深像两朵靥上的绮梦。

她向台下望了一眼。

只见发话的是那个先前败在她手里的"行云流水"徐舞——那个大眼睛大骨架子大开大合的男子。

他还在堂堂正正地扬声道："唐方第一才公平！"

"公平？！"杨脱虎吼起来，"她趁黑偷袭我们！"

"现在烛火通明，"雷变咬牙切齿地道，"有本领她就再来一次！"

话一说完就动手。

不是唐方出手。

而是雷变与杨脱一起使出他们的绝门暗器——

这回下的是杀手！

第叁回

留白

小题诗

　　她站在那儿的风姿，是在等待，但不是在忍耐。

杨脱手一扬，把整个石锁向唐方扔了过去，使的是暗劲。

石锁必在半空裂开。

杨脱知道至少会有十七种一百二十四只毒物一齐向唐方罩去。

杨脱这回下的是毒手。

因为他刚才败在唐方的手里。

——像他那种男人，是极不喜欢比他更厉害的女人的。

雷变使的是毒招。

他的鞭长一丈二，透明，鞭风几及七丈六，他的拇指只要一按鞭把子，毒气便自鞭风卷扬而出，就算不给他那透明的鞭击中，也会倒在他那无形的鞭风下。

唐方站在台上。

灯火通明。

她看着杨脱和雷变出手，也看着雷变和杨脱一出手就是杀招，脸上有一种专注但又似心不在焉的神情。她的眼神流露着亮丽的稚气，但又黑白分明得像她的柔肤和她的衣衫，是了，徐舞觉得，伊站在那儿像一只美丽的蜻蜓。

她站在那儿的风姿，是在等待，但不是在忍耐。

她没有动。

甚至也不是静的。

——她不知道这些暗器的厉害么！

——难道她不知道两个对手已在狂怒中出手么？！

徐舞为她惊、为她急，几乎要为她惊喊出来：

——躲开！

——危险！

就在这时，唐方笑了。

这一笑，令全部人眼前一艳，就像一口气饮尽一坛烈酒一样，足以使所有的豪杰变成疯子，所有的疯子成了豪杰。

这一笑。

一笑的唐方，伸出了手，就像一朵花徐徐而开。

她的手，细、柔、小、巧。

但有比她的手更温柔更细更巧更小的事物。

箭。

——自她手中疾射而出的箭！

令人吃一惊的艳：

那一箭！

箭后发而先至，正中杨脱的胸，杨脱大叫一声，像给一百九十三斤的石锁迎面击中一般，如一片破布般斜飞台下！

——这小小的一支箭，竟有那么大的威力！

然后唐方转向雷变，带点薄嗔地问："你还不自己滚下去?！"

雷变一咬牙，拇指便按在鞭把上。

唐方的手一扬。

雷变大叫一声，急弹而起，飞腾而上，翻身旋降，而又纵身急跃，疾退回闪，待发现自己已落到台下时，也同时发现自己拇指已钉着一支箭。

——一支小小小小、小小小小小小，简直有点让人惊艳的箭。

"这就是我的'留白小题诗'，怎么样?"唐方盈盈笑着，像极了一只顽皮的猫，"我把暗器都带上了，你们还有什么可要的？"

掌声。

只有一人的掌声。

——当然就是徐舞的热烈鼓掌。

唐方粲然一笑以为报。

——她不知道徐舞就是因为曾看了她的一笑，从此就落入了万劫不复的温柔乡，念兹在兹，无时或忘，有位佳人，就是唐方。

唐不全干咳一声，嘎着声道："小侄女，你这……闹得实在太过分了。"

唐方嫣然一笑道："这还不算过分。"

唐不全一愣："怎么？你还要……"

唐方说："我还要跟你们两位比一比，分一分胜负……"

雷暴光叱道："狂妄！"

"不是狂妄，而是胆大，只要是对的事我一向胆大而且妄为！"唐方凛然地说，"就是这样，雷叔叔，你先上来吧！"说完之后，她凝眸看自己的纤纤五指，就像一只猫儿在看粉蝶一样。

众又哗然。

——小小唐方，竟然挑战蜀中唐门辈分高的唐不全和在江南雷家地位极高的雷暴光！

"好！"雷暴光怒道，"既然你不知死活，我就替唐家的人教训教训你这不自量力的小辈吧！"

"不，"唐不全也举步上前，"唐家的不肖子弟应由唐门的人出手训诫才是，雷兄就且让我一让吧。"

"那怎么可以?"雷暴光已一跃上台,"唐侄女可是明挑着我,我要是不接着岂不是让天下雄豪笑话了!"

"这个大逆不道的东西,教我亲自撞上了,哪有不申诫她的道理!"唐不全也晃身闪上了台,"否则传了出去,江湖好汉不止笑话我,还会耻笑唐门没家教呢!"

其实,两人都一个用心:

——他们目睹唐方施的"写意大泼墨"和"留白小题诗",只怕万一非其所敌,栽了下来,这辈子颜面可都没处摆放了,不如稳打稳扎,两人一齐上台、一齐出手、一齐收拾了这娃儿才是上算!

(不过,他们两人都是宗师前辈的身份,可不能明着来以众击寡,何况对方只是个后辈,更是个女子!)

"省了吧,两位,"唐方爽快地说,"既然我这小辈这样大逆不道,又没出息也不像话,你们两位就省点事,一起上来把我替天行道、大义灭亲去吧!"

"好。"唐不全索性横到底了,"这可是你自己要的!"

"我就为武林正义来教训你,"雷暴光在出手之前还是先把场面压一压,说什么也得要把正义扯过来做盾牌,这一战才不致"得不偿失","唐老哥就代表唐门来惩戒你!"

道理既然站稳了,还不出手,尚待何时?

雷暴光是个可怕的人。

他很少出手,出手只亡不伤。

也许他的人并不十分凶暴,可是他所使用的暗器却是十分凶残。

他使的是火。

火就是他的暗器。

火在他手里，就像整个太阳发出来的光，都拿捏在他手中。

他的火只要一发出去沾在对手的身上，这火就会一辈子都不熄灭。

直把人烧成炭，烧成灰烬为止。

这是极可怕的暗器。

唐不全是唐门"暗宗"的好手。

他的暗器并不十分特别。

事实上，他什么暗器也发：钢镖、银针、飞蝗石、铁蒺藜、三叉棱、铁丸、飞刀、没羽箭……他什么暗器都能发。

特别的不是暗器。

而是发放暗器的手法。

在发射暗器之前，他要全身拔空而起，居高临下，这时他所发放的暗器，令人无可闪躲，无法抵御，无及走避，加上他身着大红袍，激扬翻动下暗施杀招，杀人就像捏死一只蚂蚁那么容易。

所以他人跃半空，就要发射暗器。

——只要他一旦拔空而上，他的对手就只有挨暗器的份儿。

能在四川唐门和江南雷家这等卧虎藏龙之地占一席位，绝对不可能幸致的。

唐不全和雷暴光都知道唐方是唐门一脉最有权力的女人——唐老太太亲手调教出来的子弟，他们都未敢轻视。唐不全正想借意为自己所投靠反对唐老太太的势力先领一功，挫挫唐老太太一系的锐气，雷暴光早已跟雷家堡有意要灭唐门一族的人马有默契：一有机会，不是先联络好唐门的"异心分子"（如唐不全），就是找借口剪除唐门精英（如唐方）。

他们正在这样做。

一上阵，雷暴光就抄起了地上的火把，打出了他的"光"。

他要火烧唐方。

他的"光"像一道着火的云直攻唐方。

唐方等他出手。

他一出手她就出手。

她伸出了手，就像跟人拉手。

手柔、细、巧而小。

"嗖"的一声，一物电射而出，力猛、厉、锐而烈！

——"泼墨神斧"！

斧破"火光"。

"火光"分而为二。

这把暗黑的小斧，去势不减，反而更厉，急斫雷暴光！

雷暴光大喝一声，全身就像一道燃着的火光，急纵而起——就在这时，他察觉了两件事：

一、那一斧虽然击空，却正好击落了唐不全居高临下所发的七支龙须钉。

二、唐方又向他伸出了手，像隔着时间和空间，要跟他善意地拉拉手。

掩映的火光中，另一只白如玉藕、柔若花瓣、给火色添上丽色的手，正遥向雷暴光伸了出来！

第肆回

人海茫茫
却教我
遇着你

他看见她开心他便很开心，他觉得她很寂寞他也很寂寞，三年以来，他一直以虚假的温馨埋没真的泪影。

这一只珊珊秀骨的玉手，像一个美丽女子最善意的最后要求——然而，雷暴光却有一种"魂飞魄散"的感觉。

他疾退。

只不过是一霎瞬间，他已闪身于围观擂台的群众之后，离台足有十一丈，至少有一百二十三人挡在他前面，而他已左手扣着"三生有幸"古双莲的咽喉，把她的双手扳到背后，而他正让她挡在他的身前！霎瞬之间，雷暴光已跟唐方拉远了距离，找到了屏障，制住对方的好友，立于不败之境。

可是唐方笑了。

她仍伸着手。

火色为这只玉手添上夕照般的微红。

——没有暗器！

唐方并没有施放暗器，雷暴光在一众后辈面前如临大敌，不禁脸上一热。

"我还没放暗器。"唐方还在凝端她的手指。她的指甲什么都没有涂。她的手很小，很细，很柔，很巧，而且还给人有点冷的感觉，仿佛那手和它的主人有着一样的俏皦和真情。"你穷紧张做什么？"

"你的暗器根本奈何不了我！"雷暴光的声音滚滚地传了开去，"我只是先把你的党羽逮住，以免她施暗算！"

古双莲喉咙给钳制着，半句话都说不上来。

唐方脸色一寒："你以为这样我就没办法对付你了？"

忽听一声虎吼，唐不全双袖激扬，红衣翻飞，双手化作千臂，但却有七道无声无息的暗器，自双脚袍裾激射向唐方。

唐方一个急旋声。

火焰尽晃。

闪烁不已。

她的披风像把整个黑夜都荡了出去。

她的长发似把整个夜晚都温柔了起来。

在发扬与披风旋舞之间,她已把一切攻向她的暗器拨落,在黑色的漩涡里,她伸出了莲一般白皙的手。

两只手,如梦里的两朵白莲。

"大泼墨"结合了"小题诗"——这就是唐方把唐老太太两门绝技合而为一,创出了独一无二的暗器手法:"山水乱披风"。

一柄小斧,激射而出。

这斧头以电的速度雷的惊愕越过一百二十三人然后在雷暴光全神戒备下倏地一沉自古双莲和雷暴光的胯下急射而过然后再兜转回来哧地嵌入雷暴光左胛骨里——

这一斧,至可怕的不是巧劲、不是速度,而是它所蕴的力道,并不致要了雷暴光的命,而却能够把雷暴光全身的功力一斧打散,所以他在中斧的一瞬间已完全制不住古双莲,以致古双莲在挣脱之后,还可以愤愤地踢他一脚,让他跌个狗趴地!

同一瞬间,三枚小箭,也疾射向唐不全。

正如雷暴光一样,唐不全也在全面戒备。

他人在半空,三箭品字形射来,他往上纵、往下沉都得挨上两箭,所以他急往右闪!

三箭射空。

——射空的箭一如废物。

唐不全正待反击。

——全面反击。

这时候，那三支箭中最上的一支，射向已斜沉，而最下的一支，方向亦微上扬，是以在射空之后，中间那支箭箭镞会触在一起，微微一震，好像三支箭是活的、有生命的、会思想部署般的，箭立刻分头急追唐不全！

这次唐不全足足用了八种身法五种求生本能，才险险躲过这三箭的第二轮攻势。

第二轮攻势才了，那三箭又会合在一起，就像急速地密议了什么似的，然后又倏地一震，又分三个不同的死角射向唐不全！

唐不全红袍忽卸，一罩而兜裹住三支小箭，但几乎在同一霎间，三箭已破衣而出，依然向他射到！

唐不全长啸一声，冲天而起，冲破擂台的天顶，在碎木尘屑纷纷落坠之中，夹杂着唐不全的一声大吼：

"我服输了！"

唐方粲然一笑，那精致秀气的手一张，像唤三只听话的爱犬一样，三支箭嗖、嗖、嗖地回到唐方的手里，乖得就像三支羽毛一般。

尘埃碎屑，纷纷降坠，唐不全也落到擂台上来，衣上尽是木屑，破损处处，十分狼狈。

"好，唐方，你狠！"说完，他就走下擂台，身上红袍，也破了三个小孔，看去分外瞩目，一拐一拐地走到人群中去，群众马上为他让出一条路来，他扶起雷暴光，正要走，忽听唐方说："慢！"

唐不全满目恨意和戒备地回身。

"那柄斧头，"唐方说，"要还我。"

唐不全冷哼一声，拔出了斧头，雷暴光低号了一声，人人都看得见唐不全手背胀满了青竹蛇般的青筋。

他甩手把斧头自红袍里面一转，便扔向唐方，然后扶着雷暴光，恨恨而去，后面还紧跟雷变抱着伤得无力再战的杨脱。

唐方左手一抄，接下了斧头。

黑黑的小斧在她白生生的小手里闪出一道黑光。

直至唐不全搀扶着雷暴光的身影蹒跚消失后，大家才震天价响地喝起彩来。

其中喝彩声最是忘情起劲的，当然是"行云流水"徐舞。

绝大部分的掌声，是在眼见唐方获得全面胜利之后才响起的，只有徐舞、铁干和他的手下们除外。

徐舞在前一日还败在唐方手里。

——可是他看到唐方的胜利，要比他自己得到胜利还兴高采烈。

其实，他仍留在"一风亭"不走，不是为了要参加杨脱和雷变勇夺双魁的庆宴，而是在等。

他在等唐方回来。

他了解唐方。

——虽然唐方甚至不大知道、也不大觉察他这个人。

他觉得唐方一定会回来雪耻的。

谁都不知道，他来参加这次"一风亭"的"暗器大赛"，是特地来"输"的。

——"输给唐方的。

唐方终于获得胜利。

她出了口气，并给予侮辱她的人一次教训。

她站在台上，笑得仿佛她想要幸福的话就会幸福一辈子的样子。

事实上，徐舞希望她幸福远比自己幸福来得重要。

在众人欢呼声中，唐方正欲启齿，（她要说话呢，还是另一个开得比花还灿烂的笑靥。）忽然，她像忽然给抽出了元神，似一朵失去了茎的花一般萎落于地。

众人的喝彩声陡然止歇，黑暗的擂台上，只见倒着一双玉手和一张白玉似的脸，长发和披风一般地柔和黑。她就像睡着一样地安详。

徐舞大吃一惊，情急之下，一跃上台。

"山大王"铁干怒吼一声："别碰她！"也虎地跃上了台。

徐舞心乱如麻，一面上前一面摇手摆脑地说："我并无恶意，只是……"

铁干见他上前，猛地一拳打来，叱道："好小子，想捡便宜！"

徐舞匆忙间架了一拳，因情急意乱，劲道不足，几乎给铁干一拳打落台下，一时只觉血气翻涌，好生难过，几乎就要当场一口血吐了出来。

"我不是……"徐舞抚着胸口，艰辛地道，"我怎么会乘她之危呢……"

（是啊，我怎么会乘她之危呢！）

徐舞第一次遇见唐方，他觉得她向他走来的时候，仿佛是飘过白云飘过花草般地飘过来的。他的心震颤了那么一下，使他不知道自己是极端开心还是太过受苦，之后他一直觉得心脏正在大力撞击胁骨，使他竟没有勇气看伊第二眼。

他心里虽对她念兹在兹，无时或忘，可是他竟记不起她的样子，只有一个陌生但有无限想象的音容，一种最亲切而十分模糊的气质。

当然还有那一笑，像石子投入湖心地漾了开来。

他为了没有再看她或饱览她而痛悔，他见了她简直似是害了一场病，见了她之后第一个想起的字眼，既不是"美丽"也不是"爱慕"，而是"劫"。

——在劫难逃。

——那女子显然就是他的"劫"。

之后，他就千方百计、不惜一切代价，设法再"见"了她一次。

只不过是"见一见"，甚至连唐方也没注意到他。

再见她的那个晚上，他梦见自己死了，她为他伤心，所以他觉得自己死也值得，因而十分开心；第二天醒来，他还延续着这种开心，甚至期盼自己早点死去，也许会换来她关心——直到最后，他省觉她可能根本不知道世上有个他的时候，他觉得自己人活但如死。

是以他结束了他的一切，然后开始了另一个一切：他所作所为，一切都是为了可以接近她；不管用什么方法，他只要接近她。

他常对自己说："唐方，人海茫茫却教我遇上你，既然遇着你了，我这一生便再也不可以没有你。"这些话，他当然只能对自己说，他寂寞得甚至要写信着书童送回给自己，为的还是这几行字。

这几行字仿佛足以作为他一生的卖身契。

他原本是贵介公子，玩鸟养蚁，无所不好，还善于精雕蝇头小字。见了唐方之后，他放弃了一切，重入江湖；他本来不谙暗器，为了她，他苦练暗器，终于博得薄名。

对唐方而言，江湖就是不息地飘泊，武林就是不停地闯荡；对徐舞来说，江湖映着唐方的笑颜，武林便是唐方的怀抱。

他不住安慰自己：唐方，你错过了我的爱情就等于错过了你一生最美的梦。可是他在清醒时又很沮丧地发现：那只是他自己的美梦，与她无涉。

——尽管他为她已荒疏祖业、变卖田产、潦倒落拓、失魂落魄，但她甚至还不知道有他这个人。

也许，他唯一值得安慰的是，他因为常常在她出现的场合出现，所以唯一跟她亲近的是她也呼吸着同样的空气。他可以想象她的一颦一笑，他是唯一的知音；她的一举一动，只有他最是关心。他以此为满足。他看见她开心他便很开心，他觉得她很寂寞他也很寂寞，三年以来，他一直以虚假的温馨埋没真的泪影。

因而，当唐方要参加"一风亭"暗器大赛的时候，他专程赶过来"输"的。

——他故意选择唐方为对手。

因此，当唐方手上因无暗器而落败气哭而去时，徐舞就知道：唐方一定会回来的。

而且很快就会回到擂台的。

第 二 回

——因为他知道唐悲慈就在离"一风亭"不到二十里的"庄头北"那儿。

——唐悲慈是四川唐门唐老太太的嫡系人马，是唐方嫡系的叔父，也是唐门"明宗"的首脑人物之一，武功辈分，均远在唐不全之上，在"庄头北"主持唐门在此地唯一的分舵。

唐悲慈一向疼爱唐方。

——今回唐方受辱，以唐方的脾气，一定会不甘受屈，也一定会到"庄头北"去提取独门暗器，再与这干蛇鼠一窝的宵小之徒决战！

一切果如他所料。

唐方果然回来了。

唐方果尔获胜。

——他没料到的是：唐方忽然倒在台上！

天涯茫茫却教我遇上了你——唐方、唐方，你怎能出事？你不能死！

他在跃上擂台的一刻里，心痛神乱之际已下了决心：要是唐方死了，他立即就死，正如他跟唐方一同呼吸这儿的空气是一种莫大的幸福一样，他要死得够快，才或能在阴阳天界追随得上唐方，不让她一人独自漂泊流离。

他伤心得甚至忘了去想为她报仇的事。

第伍回 五飞金

这人一巴掌掴了过去。

出手很慢。

甚至简直有点不合常理地慢。

——慢得让人清楚地看见这慈眉善目的人指甲上有泥垢。

"你不是!""山大王"铁干怒道,"你们这班使暗器的家伙,实在是太卑鄙了!"他生气得连脸上一道道的疤痕也要跳出来砍人。

"对!"铁干身边有两名爱将,"佐将"老鱼随即附和道,"难怪大王不肯练这些劳什子的暗器!"

另外一位"佑将"小疑也应和地说:"太过分了!暗算还不够,以人多欺一女子还不够,还要动上毒药!"

"什么?"徐舞六神无主,全不似平日精警过人,一听"毒药"二字,这才省了过来,"你是说……唐姑娘中了毒?"

"你是真不知还是假不知?"山大王眯起了一双虎目,这才显得出他不是那种孔武有力但心思简单的草莽之辈,他自己也喜欢自己这样一副工于心计的样子,他认为他这时候的样子最有魅力,"她着的是'快哉风',一种由唐门和雷家共同研制的毒药,很毒,唔,很毒的毒。"

"那该怎么办?"徐舞完全没了主意,心急如焚,"可有解药?!谁人会有?!哪里可取?!"

山大王眯着眼睛看着他,眉头也锁得像守财奴的钱柜一样紧:"唔,依我看,这毒不易解……"他故作深沉地说,"不管你是不是加害她的人,你还是不要碰她的好。'快哉风'的毒一旦解不了,会很快地传染他人的。"

徐舞却仍在急:"她……她好端端的,却是怎么中毒的呢?"

"唐不全把斧头扔回给她的时候,已布上了毒……"山大王猛拔胡楂子,皱着浓眉显得也很心烦意乱,"唐不全也是成名人物,没想到却如此……嘿,女人,女人!学人打什么擂台呀!"

忽听一个声音朗笑道:"怎么了?铁老弟,背后说人坏话,不怕烂舌根么？"

山大王猛地把一根短髭连根拔起，铁着脸道："真是说鬼鬼就到。唐老怪，对付一个女子使这种手段，未免太不光彩也不上道吧！"

再倒回来的，这回是唐不全和雷变。雷暴光和杨脱，显然是因为伤重而无法挺过来。

唐不全趾高气扬，跟适才如斗败的公狗一般垂头丧气迥然不同。

他大刺刺地向山大王道："兵不厌诈，铁老弟在江湖上也混过江风湖浪了，没听说吗？"

"好个'诈'。"山大王道，"这可是你们自己门里的后辈！"

"你既知是唐门的事，那么还关你屁事！"唐不全道，"你是来看热闹的，这儿没你的事！"

山大王笑了。

豪笑。

小疑和老鱼也随着他笑了。

谑笑。

"有事没事，"小疑一边说还一边做鬼脸，"我们大王就是爱管闲事！"

"你得罪我们大王，可要惹事了。"老鱼的语音像一口破锣丢入干涸的废井里，"你这叫没事找事！"

唐不全"咯"的一声，旁人以为他笑，再听"咯咯"几声，才知道他全身骨骼都自行爆响了起来，就像有人在他体内放了一串鞭炮似的。他寒着脸，道："你们敢插手唐门的事，只是找死！"

"这不是你们的家事，"山大王有着绝对豪壮的体格，还有一脸的伤疤，尤其显目的是下颌那一记刀疤。他连鼻梁都似是用歪曲的骨骼做的，他厉烈的眼神里本就含有一种忍痛的神情。"这是武林中人人该管的事，不管就叫不顾道义，管了就叫打抱不平。"

"对！"这回是古双莲叫道，"他说得对！"

唐不全瞳孔收缩，全身骨头轻爆之响更密集了。

但在"咯咯"的骨骼互击之声外，还有"啪啪"声响。

掌声。

——当然是徐舞鼓的掌。

他以敬佩的眼色望着山大王鼓掌。

"你想死啊你！"雷变怒叱，"你也活不耐烦了？！"

徐舞没搭理他。

他只做了一件事。

他走过去，跟山大王、小疑、老鱼他们站在一起。

同一阵线。

"不错，这虽是我们的家事，可也是大家的事情！"这个人慈眉善目，说话语气一片祥和，除了背后挂了一张没箭小弓之外，身后有四个秀气的随从，两男两女，除此之外，完全看不出他是个武林人物。可是他声音才起，雷变已变了脸色，他的人才到，唐不全也垂下了头。

可是垂下头也没用。

这人一巴掌掴了过去。

出手很慢。

甚至简直有点不合常理地慢。

——慢得让人清楚地看见这慈眉善目的人指甲上有泥垢。

（奇怪，他身上一尘不染、飘逸超凡，却就是指甲上有泥垢——而且是两只手都有！）

但唐不全还是挨了一记耳刮子。

——不知他是避不了，还是不敢避！

这一巴掌掴得清脆。

唐不全也挨得干脆。

——这会子唐不全不止衫红，连脸也红了！

"唐五十七，"这人直呼唐不全在唐家堡的代号，"你可知罪？"

唐不全不止垂下了头（垂得低低的），还垂下了手（垂得直直的），而且左膝一软，已行了个半跪之礼。

"二十四哥，"唐不全低声唤，"请您高抬贵手。"

他这一叫，大家都知道了来者何人。

——"二十四哥"，唐门"毒宗"的主事人之一：唐拿西。

唐拿西也是"蜀中唐门"驻在江湖上的一流杀手，而且身份特殊：他跟"空明金镖"花点月、"四溅花"雷以迅、"金不换"唐堂正、"三缸公子"温若红结为兄弟，在"龚头南"创立"五飞金"分支，成为近日武林中一股极为强大的势力。

——这势力实已网罗了江南雷家、蜀中唐门、岭南温派三宗高手，牵一发而动全身，就算有人敢惹他们也惹不起他们背后的靠山，所以成了江湖上一股不可撄其锋的势力。

事实上，擅使暗器的唐家、擅制火器的雷家和擅施毒器的温家，也不希望自相残杀、削弱实力，反让他人有可乘之机；因而，这坐落在"龚头南"小小的"五飞金"，也就成了他们平时表示团结、有事私下解决的组织。

——是以组织虽小，威名却盛。

这也就是"五飞金"为何能网罗数家高手而成立之故，其中以花点月为主脑，便或是因为他是"外姓人"，处事反而可以公平、公正之故吧。

近年来，盛传唐门势力已在"五飞金"中膨胀独尊，别的不说，单看"五飞金"里的五大当家：老三唐堂正和老五唐拿西都是唐门的人，就可知唐门势力稳占上风。

山大王本已决定一战。

——就算因而开罪蜀中唐门，也在所不惜。

可是唐拿西来了，山大王也就放了手。

——毕竟，那是人家的"家事"，自有"家人"处置。

唐拿西也是这个意思："五十七，你做得也太过分了，不止丢了自己的脸，也丢了唐门的颜面！"他吩咐背后两名随从，"扶唐方回'龚头南'去！唐不全，你也跟我一道！"

唐不全只敢低声（垂首）应道（垂手）："是！"

唐拿西慈眉善目，但就是有一股凛凛神威，他把目光投落在一旁雷变的身上，雷变几乎就要打了一个寒战，"雷变。"

雷变忙应："在。"

"你和杨脱也太胡闹了。杨公子是外姓人，我们管不着这许多，但雷暴光也没好好地管教你。"他严峻地道，一面说着一面弹落他指甲上的泥垢，"你把雷暴光一并找来，限今晚之内到'龚头南'的'五飞金'分堂，雷以迅雷二当家自然会处置。"

雷变颤声道："是。"

迄此，大家都松了一口气。

唐拿西向众人抱拳道："此事都是我门中的人不争气、不长进、不像话，倒是叨扰了各位，也让大家见笑了。我自会把唐方医治，也会处罚闹事的人，这事就此承谢诸位的见义勇为了。"

众人忙答："哪里哪里。"

"客气客气。"

"应该的，武林同道，守望相助嘛。"

"不必谢了。路见不平，拔刀相助而已。"

其实，刚才出手打抱不平的，根本没他们的份。

"可是……"徐舞却依然放心不下，"唐姑娘的伤……"

"不碍事的。"唐拿西微笑注视徐舞，"她的伤是因在接斧头之际沾了斧上的毒，这是岭南温派的'快哉风'，我也治不了，但'五飞金'里的温若红温四当家，就一定药到毒除。"

"不过……"徐舞仍然担心，"她……""她"什么？他自己能说什么？他只不过是一个"外人"！而唐方是个又美丽又有名气的女子，更是名门望族里年轻一代最出色的人物。

就在这时，台上的唐方忽微微挣动了一下，发出了一声轻轻的呻吟。

唐拿西动也没动（甚至肩不耸、膝不屈、脚尖不踮）地就跃上了台。

"……是你？二十四叔……我……"唐方衰弱地说，"是五十七叔他们……"

"我知道，"唐拿西握着唐方的小手，"你放心吧。"

唐方嘴角露出一丝微笑，笑意未成，她已合上双目，不知是因为太倦了，还是晕了过去。

她的笑意未展，但梨涡仍然深深。

徐舞看在眼里。

他心里有一声叹息。

他忽然听到那一声太息。

（是他自己的吗？）

（但他明明强抑着没叹出声呀！）

——到底是谁在叹息呢？

——为什么叹息？

他游目四顾，却找不到叹出他心里所要叹的那一声息的那个叹息人。当目光再回到台上的时候，唐拿西已着人把唐方扶走了。

擂台木板上，仍遗留着那柄沾毒的斧头。

（她走了。）

（——一切都要结束了么？）

（我在何年何月何日何时才会再见着她呢？）

（她伤会不会好？毒能不能解？她快不快复原？）

（——她进了'五飞金'，我便不能跟进去了，这样就跟她分手了吗？她心里可记得有一个我？）

徐舞茫茫然的，想到她不知几时伤好？他何时才能再见着她？到时候，她恐怕压根儿不知道有个他了。想着想着，眼也有点潮湿起来。男子汉怎可掉泪？他赶快拭去泪影，但拭不去心中那一种生离死别的感觉。

却听群众一阵骚然。

原来在擂台后找出一具死尸，脸已遭毁，仅在他的镖囊里找着好一些奇形怪状的暗器，上面都刻有"唐"字。

——想必是唐家名不见经传的子弟。

唐门暗器，一向严格管制配给，都得要凭票签提，所以说，唐门子弟是无法假冒的：一是发暗器的独门手法冒充不来，二是唐门暗器也根本伪造不了。

徐舞心丧欲死，一时像都没了凭借，没了着落，活下去也提不起劲了，所以对发生了什么事也没去多加理会。

未久，只听蹄声雷动而至，众下有人诧声起落：

"唐门高手来了！"

"来得好快！这头才死了人，那边才撤了队，这边厢就又来了一大队！"

"看来，唐门势力真不可轻视。"

"黑鬼，咱们小心着，唐门的人，还是犯不着开罪的。"

……

徐舞也觉得有点诧异，但并没去细听。

他也感觉到唐门的人来得好快！

但他更深刻的感觉是：唐方走了，一切都结束得好快。

——她知不知道他是为她而活？

——她知不知道他活着就是为了她？

——她知不知道他若没有她就不能活？

其实徐舞并不知道，这一切并不是结束，而是开始。

—— 一个阴谋和粉碎阴谋行动的伊始。

"徐少侠……"徐舞几近漫无目的走着，准备要离开"一风亭"，而天涯茫茫不知该往何处去，每举步又不自禁地朝着庄头北方向之际，忽而听见有人这样唤他。

他一回头，就看见悲脸愁容的老人。

——这人眼神凌厉，神容凄厉，但徐舞一看到他就不由自主地生起一种亲切的感觉：

因为这老人颊上也有酒涡。

两个深深的酒涡。

第陆回 断掌女子

　　她对他的感觉就像一把伞，外头正漫天漫地地下着雨，没有了他的庇护，在这场人生无涯的纷雨里，她得要弄湿了，受寒了……

她终于看见他了。

——可是他是什么样子的呢？

那应该是剑眉星目，古人不是这样形容男子的眉目的吗？可是剑眉星目是怎么个样子的呢？那大概也是玉树临风吧？不是也有很多人用它来形容汉子的气态吗？但玉树临风到底又是怎么个样子的呢？

她这才发现，原来"他"在她心中还没有成为一个完全的"人"，而是一种动人心魄的气派，带一点蓝色——她一向认为自己爱恶分明，不是黑色，就是白。

她发现自己最想念的那个人，原来见得最少，记得最不清楚。她记忆中他的样子都跟他接触过的事物联在一起：浣花溪畔，那溅着蓝意的信笺；峨眉山道，那带着浓雾的晨昏；那首略带忧伤的歌：郎住一乡妹一乡……这样唱着，仿佛他才真实了起来。

——啊萧大哥，我曾一起与你共死同生。

她为这一种感觉而感觉到幸福。

这幸福仿佛回到小女孩的岁月里。那时候，母亲带她上街子，两旁都是琳琅满目的玩意儿。她去看巧丽的灯笼，她有钱，可是她没买；她去看蒸馍馍锅，有点饿，可是并没有吃。她东瞧瞧、西看看，这儿摸摸、那儿逛逛，有时候，她会忽然买一些东西，跟她来遛街的意思是一样的，她喜欢看买东西的人和卖东西的人，他们的样子，他们的表情，他们的货品，他们的热闹，看那些煮好煎好和炸好的食物，还有喜欢去嗅它们的气味，哪怕只是一块绸缎。她每样东西都喜欢用手去摸一摸，不管那是一条美丽的鱼还是一块莜麦饸饹，她喜欢指尖传来的感觉。但她并不强求那些好看、有趣的事物完全为自己占据，直至她看见了他……

他的剑眉，他的星目，他的玉树，他的临风。

她觉得她前世必定曾遇见过这个人，后世还会再遇，而且还欠了她一点什么，让她有不安而美、不安的美的感觉。

她不是遇到了一只自己喜欢或心爱的布人儿，就想要占为己有的女子；她对他的感觉就像一把伞，外头正漫天漫地地下着雨，没有了他的庇护，在这场人生无涯的纷雨里，她得要弄湿了，受寒了……

可是他在哪里呢？

她看见他了。

（那是他吗？）

他向她走过来了。

（那是萧大哥吗？）

萧秋水这名字是灼亮的，可不是吗？他的"水"字加她的"方"字，她可不就是他的"在水一方"吗？

（可是他的身子怎么会是浮着的？）

（还是我的身子才是浮游着的？）

（他是向我走来吗？）

（"他"是他吗？）

（"我"是我吗？）

（——那女子会是我吗？！）

（不是……不是的！）

（那女子已转过脸来。她笑了，她有深深的酒涡，像两粒首饰。这女人美丽如刀。她醉人如酒。可是，她是我吗？不，她不是我……萧大哥却〔不是向我〕向她走去——）

（啊——这女子也发现了我，她向我望来，脸容竟跟我愈来愈

相似、愈来愈接近……然后她乍然而起，在梦中惊醒，才知道是
自己做了一个梦。）

（她梦里有我。）

（可是我呢？）

（我在哪里？）

（——萧大哥呢？他在她的梦里，那么我是在谁的梦里呢？）

（我究竟在沉，还是在浮？到底我是喜还是忧？怎么我四肢如
许不听使唤，如此无力？我是谁呢？我在哪里？究竟是下了一场
雨，还是我的泪，让我觉得凉、觉得冷、觉得无限凄其、如许无
依？……）

唐方乍醒。

外面金风细雨、叶叶梧桐雨。看来，已下了好一些时候的雨
了。一丈青丝千点雨，五十弦琴半盏愁。外面有一池荷塘，蜻蜓
点水，粉蝶翻飞，阳光泛花，叶坠珊珊，绿芽似簪，拂窗有寒。
可是我的梦呢？……

如果刚才的不是真，怎么萧大哥会如此真切？如果刚才是真
的，怎么萧大哥却不在了？那女子是谁？怎么如许陌生、又这般
熟悉？究竟是我梦到她、还是她梦到我？还是我们都在做着一个
共同的梦，梦到梦醒的微寒，梦到梦是遗忘里的记忆，感情里不
可能的叠合？

唐方这样想着，忽然觉得很伤心。她伤心的时候就用手去
抚平想要皱起来的眉头。妈妈在过世的时候，死于心疼；心痛使
她紧锁着眉头，手完全冰冷。她比母亲的手更冷，她一只手握住
妈妈的手，知道妈妈为她不放心、不肯撒手。她就用另外一只手

抚平妈妈的蹙眉：妈妈，您放心吧，您不要为我加添额上的皱纹……妈妈，看到您的皱纹，好心疼，我要代您心疼，好吗？

想到母亲死前的脸，要不是她老人家把自己皱眉皱出褶痕来，她还以为母亲只是睡去，而不是逝去。此际，她用指尖去拭平皱纹，再想那个梦的时候，她就告诉自己：不要再想你那漂泊的心情吧。我跟你只是前世相约今世的相逢，有缘或得要等来生再续。可是，我还没爱够你呢。一生一世已是那么仓促，何况我和你只有几次匆匆相聚相依，都是面对强仇、激发情愫。我们连容颜也未及相记清楚啊，纵或来世再见时，你仍是你吗？我还是我么？你还认得出我吗？我是你挥指掸去肩上的一朵落花，还是一只无栖的蛾？春寒料峭，来生还能在颈肩呵暖、耳畔缠绵吗？

哎，我还来不及爱，还未曾爱够。也好，一切都在我感到寂寞之前离去吧。忧伤是好，但无作为，我已不是当年小女孩的心情了。

——就当一切都是一场梦吧。

——可是怎的那种飘浮的感觉又如此真切？

醒来之后，唐方一时不知在梦里还是梦外，是她梦见别人还是别人在梦里梦见她。她想到她一生里最亲的一些人：萧秋水、母亲……然而仍是梦的感觉。

然而那种无依、无力的感觉要比梦还深切。

——那不是梦，是真的。

她甚至没有能力自床上一跃而下。

她全然失去了力量。

——她已是一个没有力量的人！

在这个强肉弱食的武林里，失去力量的人会是怎么个下场！

——被衾还有自己的体温，被窝里还有自己的遗香，软枕上也有自己几绺落发，这是个布置得颇为雅致的地方，就连妆奁也精心挑选过，桌上还有一缸鱼，色彩斑斓，优游自在，它们大概也在做着一个梦吧——这里到底是什么地方？

"唐方，你醒了？"一个祥和得令人听来也倦倦欲睡的语音道，"你醒来就好了。"

唐方一看，走进来的正是唐拿西。

他这使她想起自己是怎么给唐不全涂毒于斧着了暗算倒在擂台上的事。

"二十四叔。"她叫了一声，挣扎要起。

唐拿西和另外一个人一起走了过来，一面笑道："怎么？一醒过来就生气成这样子。"

唐方只觉脚浮身轻、头痛欲裂，一阵挣扎，还是没挣得下床来，反而头更痛了，就像给斧钺一下下砍剁一样。她自小就有头痛的毛病，她常常以为自己是患上不治之症了，"不治之疾？你以为是这么容易说患上就患上的吗？"她以前的好友知交唐肥常这样劝她，"你放心，你断掌、寿命线长，下颔秀圆、人中深，你比我们都长命呢。"唐肥还戏称她为"老不死"。可是眼下这头痛，却跟平时的头痛很不一样。以前的头痛是欲裂的感觉，好像给人从外面强行劈开一般；现在却是有什么三尖八角的事物要自里面钻出来一样，结果钻到胸臆之间，连心都痛得抽搐起来。

"唐不全!"唐方呻吟了一声,愤恨地说,"他下的毒……"

唐拿西平静地说:"我们都知道了。你五十七伯已押回唐家堡听候处置,雷暴光和雷变也给他惩治了。"

唐方这才注意到那个随着唐拿西进来的人。唐拿西的"他"字就是指这个人。

她一看见这个人,就想起两个字:"战斗"。

那个人年纪不算太大,脸上也没有刀疤,伤痕,四肢完好无缺,但唐方一看见他,还是想起"战斗"两个字。

——像他那种人,脸上和眼里有那么坚忍的神色,想必是经过无数的斗争后仍然能够活下来,并且迄今仍然活在斗争里。

他的存在,就跟"斗争"同义。

那人跟她笑笑——就算在他笑的时候,倔强如唐方也不禁有"斗不过他"的感觉——笑得很有力量的感觉,"你或许听过我的名字,我是江南霹雳堂的雷以迅,也是'五飞金'中的二当家。"

唐方"啊!"了一声,道:"难怪了。"

那人问:"什么难怪了?"

唐方道:"难怪我一看见你就想到斗争,原来你是雷二叔。"

雷以迅道:"听说近日在唐门里,有个迷死人的女子,冰雪聪明,善解人意,可就是你?"

唐方粲然一笑:"别尽说好的。江湖上传我臭脾气、倔性子、拗执偏心、刁蛮暴躁,诸如此类哩。"

雷以迅点点头道:"说来也有道理,我给你治伤的时候看过你的掌纹,你是个断掌女子。"

唐方倒有点担心起来了:"那么,我的脾性是不是坏得无药可救了？"

"要是你只是一般女子，未嫁从父、出嫁从夫，料理家事、相夫教子，那未免就不耐烦些、太浪费了。"雷以迅说，"你既然在江湖上闯荡，断掌反而大妙，独行独断、能决能断，我看庙堂上暗权在握的后妃、武林中响得起字号的女人，恐怕没几个的掌纹不是真断掌、假断掌或断半掌的。"

"你当然是断掌脾气了，"唐拿西慈和地接道，"要不然，你也不会马上就去庄头北强自配发了暗器，再回'一风亭'来轰唐五十七和雷暴光他们的——不管怎么说，他们都是你的长辈呀。"

唐方给说得有点赧然起来，便不好意思地看自己的手掌——一看，便轻呼了一声。

第柒回

四溅花

——使她心悸的，不是那爆炸，不是那四溅的水花，甚至也不是这条垂死的鱼，而是她自己失去了任何抵抗的能力。

她那只白玉细雕般的左手，掌色本来是绯红绯红的，现在却似结了一层冰，看去有点像死去的人青淡发寒的肉色，美得令人心寒。

唐方的手一向都是凉冷的。当年萧秋水握着她的手，也给她冷了一下，说过："怎么这么冷呢，你的手。"可是，现在左手冰也似的寒，冷得当右手握住左手时，也觉得右手如春阳。

"啊——"唐方给自己冷了一下，从心里打了一个寒噤。

"'快哉风'的毒，相当厉害。要不是'毒宗'高手温四弟在，还有雷二哥以火药引子施金针，再以雄黄酒点艾蒿，恐怕你到现在还起不来。"唐拿西说，"他们为你的伤，耗了不少力气。"

唐方除了觉得冷，还觉得昏眩："我怎会这样子的呢？"

"你伤未痊，还要观察一段时间。"唐拿西说，"你先留在这儿吧，'五飞金'的当家们都很欢迎你。我会请唐乜和唐物照顾你的。"

唐方听了，觉得很颓然。

她又想起先前那个梦。

"你别急，病，是要慢慢才会好起来的；武功，也是渐渐练成的。"雷以迅安慰道，"你的暗器，都放在桌上鱼缸之后。如果有一天你能使动这些暗器，你的病也就好全了，你体内的毒也就清除了。"

"二十四叔、雷伯伯……为我的事，可真教你们烦着了。"唐方说着，也有点哽咽起来，觉得自己简直手无缚鸡之力，一向英爽的她，不免也有点英雄气短。不过，自"一风亭"一役之后，她已在心里矢誓决不在外人面前流泪了。"如果方便，我想拜谢这儿的大当家和各位当家。"

　　唐拿西和雷以迅相视而笑。

　　"怎么?"唐方偏着首好奇地问,"有什么不便吗?"

　　"没有。"雷以迅道,"到了该见的时候,你会见着他的,虽然他不一定也见着你。"

　　唐方听不大明白:"哦?"她把头儿又侧了一侧。

　　唐拿西忽然负手踱向窗前,换了一个更舒坦的语气问:"怎么样,喜欢这'移香斋'的环境吗?"

　　"喜欢。"唐方说。但她最喜欢的是:一、在江湖上闯荡;二、回到自己的家里。现在她才知道,受伤之后有家可回也是一种幸福。她心里这样想,这儿地方再美,也有陌生的感觉;这些人对自己再好,也是些陌生的人。她是个冰雪聪明的女子,听出唐拿西正转换话题,于是她也转变了话题,又把头一偏,问雷以迅:"你常常打斗?"

　　雷以迅答:"不常。"

　　"打过多少次?"

　　"两百一十四次。"雷以迅道,"以一个江湖中人来说,这数目并不算多。我已四十八岁。"

　　"都能取胜?"

　　雷以迅点头,然后缓缓地道:"不能胜的我就不打。"

　　"给你打败的人有没有找你报仇?"

　　雷以迅并没有立即回答。他以一种"战斗"的眼神望着唐方。

　　唐拿西却反问:"你问这些做什么?"

　　"我好奇。"唐方笑了,酒涡深深,如两朵悬在笑靥里的梦,"我不明白雷伯伯杀气腾腾的,为什么会取个外号叫'四溅花'?"

　　唐拿西笑了。

他低首去弹他指甲上的泥垢。

一时间，房里只剩下他弹指甲的声音，还有外面院子池塘里鱼儿冒上水面来吐泡泡的轻响。

不知怎的，唐方有点毛骨悚然起来。

"你真想知道？"雷以迅问她。

唐方本来有点心栗，要答：不必了，但话到嘴边，倔强的她却说成一个字：

"是。"

突然之间，外面轰的一声，水花激射到窗棂上，泼刺刺一阵急响，有几处窗扉的糊纸都给激破了，连房间仿佛也摇晃了一下，连桌上的鱼缸也给震碎了，玻璃散了一地。

唐方体弱，几乎便要从床上栽倒下来，唐拿西不知何时已悄然到了床侧，一伸手就扶住了她。

"这就是'四溅花'，"唐拿西温和地道，"你看，爆炸的时候，不也是水花四溅么？"

倏尔，窗外人影闪动，至少有二三十人已然兵器在手，一齐掩至，但悄无声息。

雷以迅自襟里掏出一面绣有五只眼睛的旗子，扬了一扬，那些无声无息掩至的人，立刻都无声无息地不见了。

——看来，这地方卧虎藏龙，防守之密，恐怕还不在唐家堡之下。

一条鱼自爆炸时激飞进来，落在地上，下半身子已经炸碎了，上半身子仍在地上挣扎跳动着，张着嘴艰难地呼吸着。

唐方看它难过的样子，巴不得使暗器杀了它，但她完全失去了动手的能力——看来，这条受伤的鱼来杀她，还比她杀它来得容易。

"你刚才问我：给我打败的人会不会找我报仇？"雷以迅这才一字一句地道，"你觉得他们在轰的一声后，还能找人报仇吗？"

唐方静了半晌，忽然道："二十四叔，请你帮我一件事。"

唐拿西望了望雷以迅："你说。"

唐方虚弱地说："替我杀了那条鱼。"

——使她心悸的，不是那爆炸，不是那四溅的水花，甚至也不是这条垂死的鱼，而是她自己失去了任何抵抗的能力，而且她也不明白雷以迅还坐在这儿说得好好的，到底他是怎么使外面的院子的池塘爆炸起来的。

这时，刚才溅泼到窗棂上的水，正一滴滴地落在桌上、地上，嗒的一声。

声音很轻。

"你看怎样？"

"'快哉风'的毒力已完全祛除了。"

"我当然不是问这个。"

"至于'十三点'的毒力，早已潜入唐方的脾胃里，她决不会有所觉，就算有所觉，以她对毒药一无所知，也决不会解得了。"

"这样说……"

"她会一直四肢无力、倦倦欲睡、憔悴消瘦下去。"

"我是问：她还有没有内力？"

"有。但运不起来。"

"运不起来、发不动的内力，就形同没有内力。"

"对。"

"也就是说，如果现在她要试发暗器，也只有技法，而全无功力了？"

"是。"

"……唐物和唐乜可靠么？"

"绝对可靠。只要唐方要练暗器，因为失去了功力，便不能在室内练习，否则很易伤己。只要她到花园练习，就一定逃不了唐乜和唐物的眼睛，而且，也一定会通知我。"

"你也一定会通知我。"

"这当然了，二哥也一定会通知三哥。那么，失去了内劲只剩下技法的'泼墨大写意''题诗小留白'的秘诀，尽在眼底。"

"……唔。这是老妖婆子的绝技。多年来，你和老二耗尽心力始能悟出要先有泼墨之洒然才能写意出招，先有诗意盎然才会有留白之美，差点就给江湖上倒过来流传的句式：'写意大泼墨''留白小题诗'误导了。如果破不了这两道暗器，根本收拾不了老妖婆子，若妖婆子一天仍掌大权，唐家堡就不是你们可以主掌的。"

"是，所以要使唐方道出秘诀。老妖婆子一向疼她，把这两门绝技尽授于她；她性子倔，如果逼她，她宁死也不会说的。唐门自绝手法独特，就算封闭她全身穴道，用药力控制她运聚内劲，只怕依然制不住她一意自绝。所以咱们以逸待劳，用这法子……"

"她就在这里耗，干耗着，岁月老去，年华逝去，时光飞逝了，这样一个伶俐活泼美丽的女子，看她还有多大的能耐，还能沉得住气来。"

"还是二哥这点子厉害，害了她，还要她拿咱们当恩人看待。"

"不过……"雷以迅脸上显出有点忧虑，而脸上越有郁色眼中杀意更盛，"唐方却是聪明女子，她要是坚持不肯在院子里习暗器，而躲在房里练，宁可伤己，也不愿秘技可能外泄呢？"

"放心吧，二哥，就算她在房里打蚊子，我们也会知道死了几只。"唐拿西把沾垢的指甲捺在唇边厮磨着，"她来了这里，还怕她飞得上天吗？只不过，她不是要拜谢大当家么？这可如何处理是好？"

"这倒没什么！"雷以迅道，"给她见见吧，不然，教她生气，反而节外生枝。"

"对，先得教她妥妥帖帖的，日后讨她来做小老婆，也服服帖帖。"

"你不怕她性子拗得很么！"

"怕？有什么好怕？我教她求生不得，没了武功，到时候连暗器也毁去，我要她怎样就怎样！"

"说什么她还求死却能呀！再说，她可是你的同门后辈吧！我看你还是收心养性，把她让了给我吧！"

"二哥有心要她，我怎敢有非分之想！难怪刚才二哥看她的神情……先前二哥叫温四弟药莫下得太重，我现在倒明白了。"

"……明白就好。要不是她还有用，刚才她还没醒过来的时候，我就要一偿夙愿了。算了吧，这次雷、唐、温三家联手的'图穷'行动，这两门老妖婆的拿手绝技的秘诀是志在必得的，还是先办完公事之后再好好地乐吧，说什么也得忍一忍再说。"

"只要庄头北的唐悲慈一伙不来搞扰，这件事就十拿九稳，断无所失。"

"唐悲慈他有这个胆子么？就算他生疑，又能拿着什么证据！除非他能请动三十年不出唐门的老妖婆出山，否则，他能有胆子硬闯直挑咱们这花、雷、唐、温四大家族联手组合的'五飞金'么！如果老妖婆子亲自出马，那更是正中下怀，自寻死路，咱们向'五飞金'总部求援，'图穷计划'便可以提早发动了。"

"——所以，唐方是呼天不应、唤地不闻，只有任我们宰割了。"

"对。"雷以迅和唐拿西边谈边行，显得踌躇满志，因已一切纵控在手，已不必多耗心力了，话题转道："老二怎么还没回来？"

"他和唐不全、雷暴光他们还有事要办，'一风亭'那儿既要收拾残局，庄头北那儿也要留意，此外，五十七弟给我当众打了一记耳光，面上不好看，心里不乐，他也得替我安顿安顿，可不能老让我充当坏人啊……"

两人渐谈渐绕着荷塘行远了。池塘里依然漂浮着些先前炸碎了的残花断荷，在水流的漩涡上打转不去。

第捌回

三缸公子

水滴的声音很寂寞。水流的声音也是。

终究，人生是寂寞的。

　　水滴的声音很寂寞。水流的声音也是。终究，人生是寂寞的。唐方看着荷塘的水流自暗槽里吸进去，然后又自龙嘴里洒出来，流水就这样回环着，几朵花在水面上打转，始终转不出去。正像她的岁月一般，无所事事，无可等待，流水和落花一样地转不出去。

　　许是因为没有出口吧？

　　她的病没有好起来，且一天比一天虚弱。在三个月前还明眸皓齿、伶俐清爽的她，给病意耗得只剩下倦意，还有相伴不离的倔脾气。

　　她用手掐着水流。

　　水很暖。

　　——天气转温了吗？

　　——还是她的手太冰？

　　——今天好一些了吗？

　　——总比昨天好一点了吧？

　　尽管她其实并没有好转，（一天下一次的毒，毒只有积得更深，怎会好转？）但她总是认为自己每天都比过去的一天好一点点。

　　"今天觉得怎么样？"

　　她听到有人问她，恍惚间，好像是太阳的暖意在发问。

　　其实问她的人已问了第三遍了。

　　——她衰弱得甚至失去了听觉。

　　"嗯？"

　　"好一些吗？"一个满脸病气、满怀酒气的公子已到了她身边，就坐在他携来的一缸酒坛子上，也带着满满的关怀和问候，

"好一些了吧？"

"好一点了。"她照往常地答，像说一句经常的谎言。

"可有服药？"

唐方点头。

"好，我跟你把把脉。"

唐方把手伸了给他。这满身都是病气和酒气的青年，只有双眼充斥着令人不敢迫视的正气，而他好像也为了自己目中流露过烈的正气，而不敢正视唐方（至少，他为自己这样解说，而不愿承认是因为唐方的娇媚英丽吧！）。

阳光下柔弱的小手，和水流映着一张美脸，令人觉得这是一幅画里的人间。

唐方反问他："怎么样？"

他望酒缸："是好一点了。"

唐方也看酒缸："你又喝酒了！"

公子微喟："人生在世，怎能不醉？"

唐方抿嘴："要醉不一定需喝酒。"

公子笑道："喝酒真是人间一大享受，醉了才可以放浪形骸，才可以尽情任意。"

唐方笑道："真正尽情任意，真的放浪形骸，又何必借酒行之？喝酒才能尽情，醉了才能潇洒，那就不是真情，还不够洒脱。"

公子叹道："那是因为你不懂喝酒，或是不知人间险恶。你该与我一醉！"

唐方笑道："我病成这个样子，还能喝酒？"

公子傲然笑道："你的病与酒无涉。喝酒不会有害，我'三缸公子'温若红说的，大抵天下无人敢说不对。"

唐方笑说："以你对毒力和药物的精研，谁又敢在你面前班门弄斧？只不过我一向不喜欢喝酒。请我喝酒？那是跟我有仇！"

温若红惋惜地说："那是因为你从未醉过，醉过便知其妙无穷。"

唐方道："我早已醉了，又何必喝醉？"

温若红试探着问："还是喝一点吧？"

唐方坚情地笑道："我刚才不是说过了吗？请我喝酒就是找我麻烦。"

温若红望着这个在病里尚且绝艳的女子，无奈地叹了一口气："好吧，既然你不肯共醉，让我独醉去吧。我明天再来看你。"

"我几时才可以去拜见大当家？"唐方忽然问，"我不是要等到拜别他的那一天才可以见着他吧？"

"什么？"温若红似吓了一跳，"你到现在还没见过花大庄主？"

唐方觉得阳光泛花，一阵昏眩。这种天旋地转的感觉，是一天比一天厉害，而且频密了。

她开始感觉到死亡的轻手开始掠过自己身旁体侧，要轻轻地把自己的眼盖合上。常常，在一失神间，她都可以睡着而不知不觉，睡了整整一天，她还以为只打了一个盹。这一点，令她觉得非常悲伤。不，不可以，在它未把她覆淹之前，她一定要推开这些柔和的覆盖，残酷的掠夺。

"从我来这儿开始，要求到今天，"唐方有点诉怨的，但又恰到好处，并未构成痛恨，"到现在，花大当家是男是女我都不知道。"

"好，"温若红下定决心地说，"我跟你设法安排。"

"那么，"唐方柔声地说，"我几时才可以走？"她觉得这好酒的神医一向对她都应是善意的，所以她才这样问。

温若红似触电似的一震，然后才说："你病成这样子，只怕还走不出门口，就要回来躺着了。"

然后他匆匆地说："我有事，要走了。"

唐方强抑住心头的失望，浅笑道："怎么？公子又赶去喝三缸酒了吧？"

温若红拖着他那看似蹒跚和酩酊的其实是踉跄和逃避的步子走远了。他一面走着，双手抱着酒坛肚子，咕噜噜地又吃了十几口酒，然后喃喃自语地说："我的酒里原有你的解药，你真不懂我的心事。都错在你不会喝酒。"他伤怀地自语，唐方当然不会听见（何况她的听觉已不如以前灵敏了）。他仰脖子又想喝酒，却见坛里映着一个巧笑倩兮的唐方。

——他饮得下她吗？

"花大当家要见你。"

"什么时候？"

"现在。"

现在是华灯初上的时候。

这山庄唐方还没好好地走遍。一个像她那么爱玩的女子，没有理由不遨游这美丽如画的山庄的。可惜她走不动。她多走几步，都会倦得像四肢百骸散脱一般。但她每天都想：我总算比昨天好上一些了吧？

就算她走得动，这庄里遍布机关奇阵，她若无人指点引路，也绝转不出去。

现刻，有两个小女孩搀扶着她，走路，对她而言，非要人搀扶着她才能胜任。暮色四合，燕子穿梁越脊，回到旧巢，唐方想到自己已多时未施展过一向得意的"燕子飞云纵"。

这儿比意想中更大。走过山、走过水、越桥穿亭、转阁回廊，这儿平静宜人的景致略带凄凉。

唐方毕竟是唐家堡出身的人，她依稀能看出这儿是看似平静无波，其实暗潮汹涌，在这些美轮美奂、如诗胜画的亭台楼阁中，不但防卫森严，简直是危机四伏。

——奇怪的是，就算是在自己的房间里，唐方也感觉到这种危机。

（究竟是怎么一回事呢？）

（这儿发生了还是发生过抑或是将要发生什么事？）

——二十四叔、三十二叔，还有雷伯伯、温公子他们都对自己那么好，还有过救命之恩，唉，都是自己这个不争气的病……

忽然止步。

她们已到了一处房门前。

唐小鸡和唐小鸭马上止步。

看她们恭谨的神态，不但是不敢越入雷池一步，仿佛这一步跨出去，就是天涯末路、还见血封喉。

从此看去，房间很暗。

很暗的房间。

"进来。"

房里的人用带点命令的语气。语音极冷。

唐方走了进去。

只她一人。

——她虽然倦，而且累，但她不怕。

——她虽年轻，所闯的江湖也有风有浪，但仍未经大风大浪，她从未怕过谁：越是强敌，她越不怕。她只因而感到振奋。

她虽只闯过小小的江湖，但她确有大大的胆子。

其实江湖无分大小，敢闯就是江湖。

房间没有灯，但有光。

光是从外面的烛光映进来的，所以淡得有点浮泛。

她看到一个绝美的人。

男子。

—— 一个令人感到"残艳"的男子。

他的眉宇略带悒色，眼神看似深邃，但又流露出一种空洞的寂寞——或者那不像是眼睛，而是像沉在海底一千九百八十九浬下的珠宝，而且已经沉了一千九百八十九年了。

唐方说："这里很暗。"

那人说："你不是要拜见我吗？"

唐方说："我根本看不清楚你的样子。"

那人说："亮灯你也不会看得清楚我。"

唐方说："我不喜欢故弄玄虚的人。"

那人说："你要见我就是要说这句话？"

唐方说："本来还有的，但你摆架子，装神秘的，我不喜欢你，所以不想说了。"

那人道："你住在我这里，力气全消，你还敢这么凶悍？"

唐方笑了："难道你要我耐心守候：等到有一天我连站起来的力量都失去了的时候，才跟你斗嘴不成？我现在不凶，什么时候才凶？"

那人忽然问："你有酒涡是不是？"

唐方倒是诧然："你自己不会看？"

那人忽把话题一扯："你是说：如果你又恢复了功力，你就会温柔些是不是？"

唐方又笑了："给你看的温柔不是温柔。自己的美、自己的温柔才是真的温柔。既然又美又温柔，更应该凶些了，不然要给人觑准了欺负。"

那人仿佛也有点笑意："你总有理由凶的。"

忽又问："看来你不像是有病。"

"我是有病。"唐方说，"既然我的身体已经病了，为何我心里不能开朗些？"

那人静了半晌，才道："那是因为你未曾真的病倒过。"

唐方笑道："我病得快要倒下去了，还说没病过！"

那人真的有点笑意了。这微微的笑意牵动了他那残艳的风姿，仿佛是一缕活着的美，向对方飞掠了过来，"你很美？"他问，"美人只有两种，一种是美丽，一种是媚丽——你是哪一种？"

唐方半带玩笑说："你眼力太差了。我当然是两者皆有。"

那人笑了，且笑道："唐方姑娘，你既然一直都不肯拜见我，让我先拜见你吧：我是'五飞金'的大当家花点月，素仰素仰，幸会幸会。"

唐方笑道："这还差不多。大当家的，你好。"

第玖回　天天如是

事情坏到了尽头，就是好的开始。

　　两人谈了一会，都觉得甚为投契，谁都不摆架子（要说架子，只怕失去武功的唐方要比花点月更大），谁都没有架子。不过，从开始到现在，花点月只是谈笑，并没有站起身来。

　　"听说在'一风亭'比暗器，"花点月有时像是在看人，又像不是在看人，有时不像是在看人，又像是在看人，"你输了就哭了是不是？"

　　"传言真可怖！"唐方愤愤地说，"我流泪是因为不公平，后来因生气自己那不争气的泪，越气越哭。"

　　花点月笑了："自己不妨流泪，不可以让这世间流泪。"

　　"这世间流不流泪可不关我的事，"唐方倒蛮有兴趣地观察他，"你志气倒是不小，难怪当上'五飞金'的老大。"

　　"山高月小，志大才疏；"花点月笑了起来，"水落石出，打草惊蛇。"

　　唐方奇道："后面两句是什么意思？"

　　"没有意思，后面两句，我是在骂自己。"花点月忽然侧了一侧首，问："你在舐舌头？"

　　唐方一怔，随即爽朗地道："是啊，我有点口渴。嗳，你眼力也不坏嘛。"

　　花点月只问："唇上的胭脂一定很好吃的了吧？"

　　唐方又是一怔："好不好吃，与你何干？"

　　花点月道："如果好吃，我就要试上一试。"

　　话一说完，他就飞身而起，右手食指迅疾地沾一沾唐方的唇，然后已回到原来的座位上，全似没有动过一般。

　　唐方知道，就算她武功未失，就算施展"燕子飞云纵"，也躲不去花点月这来去如风，倏忽如神的一点。

只听花点月说："你的胭脂有酒味。"

唐方愤笑："对一个失去还手能力的女子，你这样出手实在不配当大当家。"

"其实当不当大当家我都无所谓。"花点月说，"不过，你的武功倒真的没有恢复。"

唐方哂然道："要是恢复了，我早已向你动手了。"

花点月笑道："你会是我对手么？"

唐方冷笑道："天下哪有必赢的战斗？有时打不赢，也要打。"

"好，难得你武功全失，英气仍在！"花点月拍一拍他身侧的酒坛子，"你渴了，这是'三缸公子'送我的酒，好酒，你也来喝几杯吧，没有毒的。"

他斟了一大杯，然后慢慢抓住酒杯，牢得像抓住的是一条鱼，然后徐徐倒进嘴里，甚至连酒流入他咽喉之声也依稀可辨。由于他喝酒太过谨慎，仿佛那也是一种谨慎的酒。

唐方转身便走："我不喝。"

花点月放下了酒杯，有点惋惜地说："这样好的酒你都不喝。"

唐方道："我不喜欢便不喝。"

花点月问："你还是介意我刚才对你忽使的那一招么？……我不是不尊重你……我是有苦衷的。"

唐方冷然道："我看不出有什么苦衷。"

花点月微叹，欲言又止。

"我的命是你们'龚头南'庄里的人救的，毒也是你们解的，我特别来拜谢你。"唐方说，"现在已拜谢过了，就该拜别了。"

花点月道："你……你还会再来看我吧？"

唐方笑了。

嫣然。

"反正我一时三刻还好不了,"唐方说,"我还在庄里,你是庄主,只要你一高兴,你随时都可以来看我的。"

她是个刚烈的女子,但从来都不记仇。

她烦恼得快,但开心得更快。

——何况,一身绝技的花点月并没有对现在一无武功的她做过什么太过分的事。

——做人能记恩的时候,何必偏要记仇?

所以唐方脾气虽大,但很温柔。

她那一对柔弱无骨的肩膀,对担当大事一向举重若轻,更重要的是,她懂得教人开心,也懂得让自己开心。

荷塘的莲花又盛放了,似都忘了五十二天前的摧毁。流水流入荷塘又吸入水槽再自龙首注入荷塘,就算别人不知,但唐方知,荷上的蜻蜓得悉,塘中的鱼儿也知悉。日子天天如是。快入暮的时候,夕阳下得比任何时候都快,甚至要在湖外山边疾坠下去,发出"咚"的一声,然后有只吃饱就爱睡的懒猫会伸懒腰打了个呵欠。天天如是,日日如常。晚上的流水流得比白天快速一些,水里一些蝌蚪、孑孓都比较活跃了,偶尔塘里的鱼会遽冒上来吐一个泡,像禁宫里一个嫔妃在偷偷叹了一息。天天如是,日日如此。"三缸公子"温若红来给她探病,唐拿西常来鼓励她多练习暗器,不能因功力不济而荒疏了,雷以迅过来看看她,像看一只他一手养的鸟雀,然后不表示不满意也不表示满意地就负手离去了。每日如常,每日如斯。她仍有给窥视的感觉,好像体内有着另一个人,监视她一举一动,今天一不高兴就吃掉她半个内脏,然后明天一个高兴时又吐出一颗不属于她的心。日子天天如是，毫无新意。她的体力，算是一天比一天恢复了，但病却似一日比一日更重。她想回家。她很想回家。但她病没好，二十四叔当然反对。她也自知病成这样子，恐怕也走不出这些月门、回廊、荷池、花圃，她有点觉得这像是一场幽禁，但她又不忍误解要帮她的人之好意。天天如是，岁月惊心。她闲时无聊，看着一只蚂蚁，从阶前爬到假山之后，好像跟着它就可以回到蜀中唐门，或者它会把她的音讯带到浣花萧家。天天如是。

其间她也和花点月见了几次面。

——几次都是花点月来找她。

她和花点月很谈得来。

花点月是个很奇怪的人。他好像熬过许多事情，所以好看得却有历尽沧桑的感觉，但其实他还很年轻。

她更不明白从花点月住的"活房"离自己住的"移香斋"那么近，花点月却为何还是要乘座舆来？

"你会病好的，"花点月常常安慰她，"事情坏到了尽头，就是好的开始。"

"为什么事情坏到极点了，不也照样坏下去呢？"唐方反问他，"你怎么知道否极一定就会泰来？"

"因为这样想，就会对自己好一些。"花点月的回答很坦诚，"凡是对我们心情有帮助的事，不妨多想一些。"

唐方只好想自己明天就痊愈了。

——那时，她就可以纵身越过荷塘、越过柳枝、越过围墙……回到她那小小的江湖大大的天下去……

这样想的时候，一面哼着首小调，她的眼睛也注目向远处。

——这样一看，她才看到远处假山旁有一个人也在看她。

眼神很奇特。

这人让唐方觉得有些眼熟。

——却似在哪儿见过呢……

这人看着她，眼神快要给毒哑了似的，吞吞吐吐着一些奇怪的讯息。

然后，他画着脸容向她伸了一伸一只手指，就转过脸去，就像完全没看见过她的样子。

——他不是那次在"一风亭"败给自己的那个人吗？

——他伸手指干什么？

——真是个怪人！

唐方也没细想，过了不久之后她就忘了这个人。

可是，这刹那间的相遇，却教徐舞怎生得忘？

……那天，自唐拿西着人扶走唐方之后，他就茫茫然像给抽去了魂魄，无枝可栖，无可适从，直至有人唤他："徐少侠。"

——徐少侠……

他费了好大的劲，才弄清楚原来对方叫的是自己。

唤他的人容色凄厉，但腮边也有一双酒涡。这酒涡跟唐方是一样的，只不过，它绽在唐方靥上，像漩涡里一个美丽的梦；挂在这老人颊边，就像树干上的两个痂瘢。

徐舞定过神来，问："阁下是……"

那老人道："我是唐悲慈。"

唐悲慈名动天下，暗器手法，出神入化，武林地位，也非同小可。据说，近年来，能直接受命于唐老太太行事的人，唐悲慈是极少数中的一个。

徐舞没精打采："可是我不认识你。"

唐悲慈道："可是我们却认识你。请借一步说话。"然后他加了一句，"是有关唐方的事。"

这最后一句话，完全打动了徐舞。

徐舞跟唐悲慈走到"一风亭"后山的屏风岩下，唐悲慈身后还跟了一个眉目英朗、鼻子又高又钩又削又挺的年轻人。他下巴有一抹刀痕，看去还有点俏丽。

唐悲慈说："他是犬子，叫催催，轻功还练得不差。唐方练的是'燕子飞云纵'，他练的是'燕子钻天'，都曾得过老奶奶亲自点拨的。"

徐舞压根儿就不喜欢任何人跟唐方有任何相似之处，包括这老人脸上的酒涡——只不过，他知道唐方一向对唐悲慈都很敬重，所以才会耐心听他说话，然后还等他说下去。

"他的轻功好，所以他跟了你很久，你都不知道。"唐悲慈说，"连刚才你用厚布裹着手拾起擂台上那柄斧头的举动，也都落在他的眼里。"

"我不知道一直有人盯梢着我。我不以为自己是这么重要。幸好我也没做过对不起人、见不得天日的事，也不怕人跟在后头；"徐舞冷笑，"我把那沾毒的斧头保存起来，是不想唐家独门暗器就扔在那里，万一让江湖上宵小之辈借斧伤人，可是害了唐姑娘清誉。如果你们索回，我奉上就是。"

"你千万不要误会，"唐悲慈说，"我们找你，是因为唐方遇难。"

　　"刚刚唐姑娘就在这儿受了伤、中了毒，我就在这里，"徐舞说，"我怎会不知道!"

　　"不，我们是来迟了一步。"唐悲慈沉重的语气简直落地作雷鸣，"唐方落在那干人的手上，才是真正的遇难。"

　　徐舞这才吃了一惊。

　　一大惊。

　　"你是说……"

　　"是。"唐悲慈一字一句地道，"唐拿西他们，才是真正要害唐方的人。"

第拾回

独舞

　　他是为她而来的，他是为她而活的。他觉得这像是一场独舞，他是为她而舞，可是到头来可能什么都无。

徐舞倒吸了一口凉气，退了一步："……你说什么？"

唐悲慈带点严厉地看着他："你听过'五飞金'吗？"

徐舞点头："这是岭南'老字号'温派、蜀中四川唐门、江南'封刀挂剑'雷家联合起来在江湖上另立的一个组织，并公推跟雷、唐、温三家都交好的'星月楼'花家子弟来做首领。"

"我们果然没有找错人。"唐悲慈目中已有赞许之意，"那么，'龚头南'的'五飞金'你可又有闻？"

"那是'五飞金'最重要的一大分支。由'空明金镖'花点月为首，而其他四位当家，莫不是三家中的杰出人物。"徐舞如数家珍。

"对。但根据我们这三年来密布眼线，广泛精密地收集资料，发现'五飞金'非但并未实际做到调解和联结三大家族的责任，反而成了一种分化和侵蚀的力量。"

"……我不明白。"

"其实，'五飞金'这组织早已给江南雷家堡的人吞噬过去，成为倒过来意图借此纵控唐、温二家的势力。"

"你是说……？"

"'龚头南'的'五飞金'分支，就是这'谋反势力'中的主干之一。在里面做三当家的唐堂正和五当家的唐拿西，全为二当家雷以迅所操纵。他们本在唐门不甚得势，所以早已结合雷家，要倒过来反噬唐门。"

"……这固然很阴险，但这却是你们三家之间的怨隙，与我无涉。"

"可是唐方却刚给送去了'龚头南'的'五飞金'。你刚才取去的飞斧，根本就不是唐方的，而是前几天已给暗杀了的唐门弟子唐泥的。斧上的毒，是一早就涂上去的，局也是老早就布好了的。"

"——他们会对她怎样?!"

"依我猜度：一、他们借此扣押唐方，万一将来与唐门正面冲突时，他们可以唐方挟制老奶奶，老奶奶一向疼惜唐方。二、他们有意或哄或逼唐方道出如何运使'泼墨大写意''留白小题诗'的独门暗器手法，以便他日可攻破老奶奶的绝技。其实，这一切都是一个'局'，唐拿西跟唐不全、雷暴光全是一伙人。"

"那么唐方岂不是很危险?!"

"可以这么说。"

"那你们还不马上去救唐方?!"

"也不必那么急。人在他们手上，打草惊蛇，反而不智。再说，依我所见，唐方一向是倔性子，动粗难有所获。毕竟，唐方自绝经脉之法，制穴也制止不了，所以唐门子弟，一向绝少落于敌手，泄露机密，这些唐拿西和唐堂正无有不知，所以，以诱骗唐方说出手法秘诀的可能较大，是以一时三刻，还不致立杀唐方。"

徐舞仍急个什么也似的："那怎么行?!万一他们真要动手迫逼唐姑娘，那，那，那，那岂不是——"

"——徐少侠放心，"唐悲慈脸上带了个诡秘的微笑，"'江南霹雳堂雷家'布了不少伏子在咱们唐家堡，但唐门也不是省油的灯。就算在'龚头南'的'五飞金'，我们也还是布有眼线的——万一有个什么风吹草动，他们还是会告知我的。"

"那么，"徐舞仍急如锅上蚂蚁，"你们也得去救唐姑娘啊！我愿意跟你们一道去！"

"我们不去，"唐悲慈道，"你去。"

"我去？"徐舞又愣住了，"你们不去？"

"对。这就是我们来找你的原因。"唐悲慈道，"如果我们现在就去'五飞金'救唐方，救得着，只得不偿失；万一救不着，那就赔了夫人又折兵了。我们据密报得悉：雷家的人已控制了'五飞金'，也就是说，只要我们不动声色，就可以继续监视，而洞悉'封刀挂剑'雷家的一切阴谋动静。假如为这件事而扯开了脸，那等于是打草惊蛇，一旦失去了这个线索，就更不知敌人的虚实了，所以我们唐门的人，谁都不便插手此事。"

徐舞恍然，指着自己的鼻子道："所以你们来找我。"

唐悲慈道："你不姓唐。"

徐舞苦笑道："我跟唐门确是毫无渊源。"

唐催催道："我一路来跟踪你，发现你很喜欢唐方。你情愿为她做一切事。"

徐舞惨笑，喃喃地道："……甚至牺牲也在所不惜。"

唐悲慈接道："这件事的确也要有所牺牲，如果万一失败，只怕连性命都得要牺牲掉。"

徐舞道："反正你们只牺牲了一个外人，你们毫无损失。"

唐悲慈居然答："正是。"

徐舞反问："假如我不幸失手，你们也不会来救我的了。"

唐悲慈道："那时我们根本就不认识你这个人。"

徐舞冷笑："你们到底是关心唐方的安危，还是不想她的安危影响到唐家堡的军心，或是不欲唐门独门暗器手法外泄而已？"

唐悲慈笑而不答。

徐舞白牙缝里吐出几个字："你们真卑鄙！"

唐催催怫然，欲有所动，唐悲慈却即行阻止，只问："你去不去？"

"好，我去！"徐舞道，"你们毕竟已把利害关系一一道明，愿打愿挨的呆子才会去；正好我是呆子，我去，且怨不得人！"

"我就知道你会去，一定会去。"唐悲慈带点慈悲地说，"你是个有情有义的人。"

"这年头，有情有义的人活该倒霉。"徐舞涩笑道，"不过，我一向都倒霉透了，也不在乎再倒这次霉。好吧，告辞了。"

唐悲慈问："你要去哪里？"

"到'龚头南'去，"徐舞讶然，"救唐方呀！"

"不行，你这样去，有去无回；而且，也救不了唐方。"唐悲慈道，"'五飞金'的五个当家，你都非其敌。尤其是花点月，此子武功莫测高深，功力炉火纯青，你这样直闯，不是去救人，而是去送死。"

徐舞一想：是啊，这样纵牺牲了，也救不了唐方，便问："那我该怎么办？"

唐悲慈道："我们先得要争取对方的信任，要觑准一个目标。你要推倒一栋墙的时候，首先得观察它有无缺口？假如有，就从那儿下手，把缺口打成两个窟窿，把窟窿搞成一个大洞，再毁坏了它的根基，然后才轻轻一推—— 一推，它就倒了。"

徐舞问："它的缺口在哪里？"

唐悲慈道："唐堂正。"

徐舞道："听说他武功极高，暗器手法更是高明。"

"他就是花太多时间在武功上了，所以也太少用脑了。"唐悲慈说，"他现在正在庄头北附近窥探我们的虚实。我找一个跟唐门全不相干的势力，去埋伏他，而你却先一步通知他，让他可以及时逃脱——"

徐舞忽截道："但以唐堂正绝世武功，也可以反攻对方——这样岂不是又多了一个牺牲者？"

唐悲慈笑道："你放心，要做大事，少不免要有人牺牲。"

徐舞本想问他：那你自己又不牺牲？忽听一个粗重的声音道："我就是那个牺牲者。"

徐舞转首，只见是"山大王"铁干，虎虎有威地站在那里。

徐舞问："你为什么肯这样做？"

山大王气呼呼地道："因为我笨。"然后又加了一句，"我一向看'五飞金'的人不顺眼，雷家的人凡有钱的生意都做，他们把火药卖给我对头，曾炸死了我好几名兄弟。"

然后他一副烦透了地说："女人，女人，总是只会累事，救了也是白救！"

徐舞不理会他，只是心忖：以"山大王"铁干的实力去伏击"五飞金"的三当家，的确是"门当户对"，唐堂正要应付他，绝非轻易，他只没想到铁干居然肯做这种事。所以他问唐悲慈："接下来又如何？"

"你救了唐堂正，山大王迁怒于你，到处追杀你，你只好投靠唐堂正，他带你回'龚头南'，要你加入'五飞金'。你轻功佳，对奇门八卦阵法又素有精研，只要一进他们的地盘，就不难摸索出来龙去脉来。要救唐方，如需里应外合，山大王自然会义不容辞；不过，要弄通'五飞金'的密道布阵，才能进攻退守，这是首要之务！"唐悲慈说，"现在'五飞金'欲图大举，正待用人之时，他们一定会让你加入，但也一定会防着你，不让你知道底蕴，一面会在暗中观察你，看你是否可予重用。"

徐舞道："那么，加入'五飞金'之后，一切行动，得要靠自己了？"

"不错。"

"不管我能否救出唐方，我的身份是否会给识破，你们都决不会来救我的。"徐舞微微笑着，笑意中充满了讥诮，"这件事，从头到尾跟你们都没有关系。"

"对。"唐悲慈脸上一点赧意也没有，"完全无关。不过你进入'五飞金'之后，我们总有办法使你可以跟我们联系。"

徐舞哈哈一笑："这样听来，你们绝对安全，我则要身入虎穴，谁要是把这个任务接下来，那就不只是傻子，而且还是疯子了。"

唐悲慈静静地望着他，肃然问："那你到底去还是不去？"

"去！"徐舞断然道，"这样的事，我不去谁去！"

他原本是不屑于做这样子的事。当一个"卧底"，为武林中人所鄙薄，为江湖中人所轻视。可是他却是为了唐方而做的。先前他为了接近唐方，不也一样放弃一切，不惜变成另一个人，来博取唐方青睐吗？现在为了解救唐方出危境，更是义不容辞。只要可以接近唐方，看见唐方，保护唐方，什么事他都情愿而无怨。所以这件事，他能不去吗？

因此他一点儿也没有因此去险恶之地而忧虑，而反因可以再见唐方而奋悦：——唐方唐方，天涯茫茫终教我见了你。如果你出事了，我也不活了。死也要死在一起。

他急若岸上的鱼，恨不得马上就去。

一切如计划中进行。

如愿以偿。

"金不换"唐堂正依然在庄头北打探唐悲慈和唐门的人在那儿的实力。"山大王"果真调集人手，去伏袭他。徐舞先一步通知了唐堂正，唐堂正却反而怀疑他，把他扣了起来。可是"山大王"毫不留情也十分及时地发动了攻击，唐堂正带去的十一名高手，丧了六名，连杨脱在内。唐堂正狂怒反击，跟"山大王"捉对厮斗，两败俱伤；但身负重伤的"山大王"仿似因流血而烧痛了斗志，愈战愈勇，唐堂正终惨败而退。

"山大王"扬言要格杀"通风报信的孬种徐舞"，徐舞只好跟唐堂正一起仓皇潜逃，逃啊逃的，逃进了"五飞金"。

可是唐拿西并不信任他，他一入"五飞金"，就知道很可能会有两种下场：一是逐他出去，一是杀他灭口。

他打从心里寒遍了全身。

他想一走了之。

——但为了唐方，他是不走的。

——哪怕是只见一面，他也是决不放弃的。

唐堂正反对唐拿西的主张。他觉得自己欠了徐舞的情。徐舞因而得以留在"五飞金"，不过他深觉唐不全对他甚具敌意，而雷暴光和雷变也一直在监视他。他怕的不是他们，而是一向寡言、好像全没注意到有他这个人的雷以迅。从他进入"龚头南"以来，就一直没见过大当家花点月，倒是常遇到爱酗酒的落魄书生温若红。而他那个一直想见的人，却一直未见……

他甘冒奇险，来到这里，做一切他不愿做的事，而且随时还有杀身之祸，可是，迄今还未曾见着他要见的人。啊，那姑娘究竟在何方？她可还有在腮边挂着酒涡、唇边挂着浅笑、心里可有想起我？徐舞念兹在兹，反复莫已。他是为她而来的，他是为她而活的。他觉得这像是一场独舞，他是为她而舞，可是到头来可能什么都无。她常常在他梦中出现，如果忘了她，他便失去了记忆，也不再有梦。仿佛，她对他一笑他便足以开心上一年半载，只要她告诉他一声你幸福吧，他就会幸福起来。唉，那都是他的独舞，而非共舞。舞过长安舞过江南那水里的容颜，教人怎生得忘……唐方唐方，你还好吗？你可知道我想你？

就在他耐心等待，受尽极端想念的煎熬之际，终于，这一天，雷以迅忽然跟他说："你到'移香斋'院前的荷塘去看看，里面的机栝坏了，水流不能回环。"

这任务并不特别。

徐舞身法向如行云流水，上岸能舞，入水擅泳。

唐小鸡带他进入这风清景幽的园子后，便说要去解手，只留下徐舞在院子里，荷塘寂寂，荷叶一摇就像在那儿一片一片地分割光与影。一尾红蜻蜓因风斜飞而过，带来了他梦魂牵系、熟悉得像有过肌肤之亲。

他听到了那首歌，仿佛在水里传来，里面有缕幽魂在轻唱。

他几疑是在梦中。

——如梦似幻的，他就望见在荷塘对面的倩影。

第壹壹回 大唐一方

在水一方的佳人仿佛是在唐朝盛放时候的一位小方，而他自己，却不幸地正在宋代的一隅枯萎着。

他一看见她，第一个反应就是：啊，我见着她了，我终于见着她了……

可是紧接下来的反应却是：小心，大意不得，定必有人在监视着我们，要是露了形迹，不但自己前功尽弃，而且还会连累唐方。

自从进入了"龚头南"之后，他几次都差点给"五飞金"的人拆穿，在严密监视和一直在为自己所不欲为的事情的压力下，徐舞之所以能坚持不畏缩、不崩溃，完全是因为要达到一个目的——救出唐方。

——身入虎穴，就只为了唐方。

——只要能救唐方，化作飞灰他也愿意。

而今千思万想的，终于让他见着了。

但他不能表示惊。

不能表达喜。

甚至不敢相认。

（要是"五飞金"的人故意让我见着唐方，观察我如何反应，如果我一激动，那就前功尽弃了！）

他强忍着喜悦以致牙龈溢血。他的心脏在大力撞击胸骨。她清减了。她比以前憔悴了。困在这儿，她一定会很不开心的了。我该怎么告诉她：我一定会救她出去呢？

唐方认出了他，好像见到亲人，笑了起来。

音容依旧桃花。

笑意唤起阳光泛花。

——那是徐舞期盼已久的一刻……

可是，此际，他只能冷静地、淡定地、不动声息地、简直是脸无表情地，向她伸了一伸右手食指。

——这一指里算是招呼吗？

（这一指里的千言万语，唐方可听懂？）

不懂。

一只青蛙跳下水，发出的正是这"不懂"的一声。

——看唐方的神情，就像在看一只顽皮的猫，正在追扑蝴蝶。

虽然只相隔了一座荷塘，但徐舞却觉得，他们却仿似隔了一个朝代：在水一方的佳人仿佛是在唐朝盛放时候的一位小方，而他自己，却不幸地正在宋代的一隅枯萎着。

不管如何，自此以后，徐舞就更全力以赴：他花了好多时间，取得唐堂正的信任，弄懂了如何才从这里走进来、如何才从这里走出去。他也逐渐消减了唐拿西对他的猜疑，慢慢弄清楚了用什么方法才可以跟外面的人取得联络。他到现在还找不到唐老奶奶和唐悲慈在"五飞金"里布下的"卧底"，但却能取得唐小鸭的友情，从他口中得悉：唐方武功已恢复，但因患病，始终不能痊愈。这病不大能见风，也不可长途跋涉，否则就会晕死过去，所以唐方只好留在这里，等病情好些再走。

徐舞知道，他们不会让唐方病好的。

他要通知唐方，可是现在还不是时候。

他在等待良机。

——唐方有病在身，他不能冒险。

——要只是他自己一人，别的可能力有未逮，但若说逃离此地，绝非难事。

他把消息千方百计地"送"出去。

——唐悲慈不让他知道在"五飞金"里的内应，可是又很渴听知道多一些徐舞在里面送出来的消息：因为这些消息，其实就是敌人的情报。

除了庄头北的唐悲慈之外，徐舞确然知晓：他还有一个可信的朋友，带领着一队人马，在等待着他的消息，关心着他的安危。

那当然就是"山大王"铁干。

——在计划准备要进行的时候，山大王就大力地拍着他的肩膀，告诉了他一句话："别忘了，外面还有我山大王！"他说话时以眼睛看进徐舞的眼睛里。直至现在，徐舞似乎仍然可以感受到眼里和肩上犹有余热和遗痛。

他知道山大王虽然讨厌女人，但却是真情、热情且豪情的男子汉。

他知道铁干说的是真话。

徐舞保持跟外面互通消息的方法很特别。

——饶是"五飞金"防守得如许之密，纵是一只信鸽也飞不进来，一只灵犬也溜不出去，可是，徐舞一样有办法与外界保持联络。

他靠的是蚁。

蚂蚁。

——小小的蚂蚁，大大的本事。

一只蚂蚁衔着一粒米。

每一粒米上他镂刻了一个字。

训练鱼鸟蜂蚁，一向都是他的拿手本领。

在米上镂字，更是他的绝门功夫。

——所以他能遣蚂蚁把他镂刻了字的米粒一只一只一只一只地顺序"衔"出去，而外面自有人接应。

"山大王"派了"佐将"老鱼和"佑将"小疑，唐悲慈派了"燕子钻天"唐催催就匿伏在附近，还布下了人手。

于是徐舞千方百计，想尽办法，殚精竭智，处心积虑，就是在策划安排一件事：

——如何才能把唐方安全地救出去。

为了不露形迹，他决定要沉得住气。

——没有到最后关头，甚至也不让唐方得悉。

至少，以唐方的性子，只要她不知道一直在身边相处的竟都是害她的人，她反而落得安静，不致节外生枝。

徐舞迫不及待地在等。

等那一天。

——救出唐方的那一天。

那一天几时才来临？

——到底有没有那一天？

可是唐方并不知晓这些。

她并不知道个中有这么些周折。

——她觉得大家都待她很好，她只是自己不争气，一病便纠缠个没了。她想回唐家堡，她要闯江湖，但唐拿西劝阻、唐堂正也不赞同，她相信他们都是为了她好。她只不过觉得有给人监视的感觉——谁监视她呢？说来全没来由，只是一种感觉而已。

但她是个敏感女子，因为这种毫无道理的感觉，她宁可暂时不练"泼墨大写意"和"留白小题诗"这两门绝技——虽然，这两种暗器手法一定要天天、常常、时时地练习方可以。就练得要像用牙齿来咀嚼食物用胃来消化吃下去的东西一样自然自如。

不过她总觉得"有人在注视我"。

——这两门绝艺是唐门之秘，如果泄露，极可能按门规处死：当日，她的七表兄唐求因泄露了打造"心有千千镖"的秘法，是以被处"极刑"。

这点使唐方想到就心悸。

所以她一直没在这已日渐熟悉的陌生环境里修炼这两门绝技。

她的武功虽已恢复，已经可以运劲使气了，但元气还十分衰弱。

这使她十分沮丧。

——那天，在荷塘，她见到那个人，明明是相识的，他却装模作样，还对自己伸了一只手指，也不知是什么意思！也许，当日他败在自己手里，有点不好意思见到她吧。

才一小段时候不出江湖，好像什么都不一样、啥都变了模样了：唐方这样一想，就更觉得烦厌了：唉，这场病，几时才会好呢？

逐而渐之，那天荷塘对面的那个人，见面多了，态度也自然了起来。可是唐方总觉得他神情闪烁，总要等到没有旁人的时候，才会过来搭讪几句。

"唐姑娘，还记得我吗？我是徐舞啊。"

唐方本想不睬他，但见他那种因强抑激动而挣得满脸通红、语音颤抖，又有点于心不忍，便道："徐……舞？对了，你就是那个边跳舞边放暗器可是还是败了给我的人。"她笑嘻嘻地说，"后来你还一直给我猛鼓掌呢！"

徐舞为唐方记起他而感动得热泪盈眶。

唐方笑问他："那天，我想跟你招呼，你古里古怪的，像不认得人哪！对了，'一风亭'之后，你到哪儿去了呢？还有没有参加擂台赛？又吃了败仗了吧？"

唐方问得全无顾碍。

徐舞却一时答不上来……

——还是没变，这家伙不是半疯不癫，就是必有古怪！老是眼泪汪汪，不然就是满脸通红的，说话一吞二吐，有头没尾，平时闪闪缩缩、遮遮掩掩的，一旦稍微理睬他，他就像要哭出来似的，得要小心提防着！

她准备下次见着花点月的时候，打探一下这到底是个什么样的人，别教人混了进来，在三家联盟的重地里搞风搞雨。

她只想到去问花点月，却并不想问其他四位当家。她觉得雷以迅太深沉，唐堂正太不耐烦，唐拿西总是不会给人正确的答案，温若红只顾饮酒，太过柔弱，无怪乎连这场病都老是医不好——还是花点月谈起来比较投契些。

——除了说话不喜欢看人（我还不够漂亮让他看吗！）之外，花点月有礼体贴，而且从来不摆架子，自从那次"拜会"之后，花点月亲自到"移香斋"来，还比她到"大方堂"见他多些！

唐方心里记住了这件事。

可是在再见到花点月的时候，她却没有问。

——因为这一回"见面"，一"见"上"面"就已经动手了，唐方在羞愤中哪还记得曾有个苦命的徐舞？

第壹贰回 惊艳一见

一个人要是阴影太重，那么就算在幸福时也不会快乐。

徐舞却忘不了。

徐舞第一次见唐方的时候，先看到花。那白色的花瓣像五指托着一只玉杯，不过他很快地发现那不是花而且根本就是手指。

唐方那时正在攀摘一朵白花。阳光自叶丛过滤下来，映得唐方的脸流动着一些光影，好像童年时某一个难以忘怀的情节；的确，唐方脸上那稚气而英气的神情，眸子像黑山白水般分分明明，紧抿的唇边漾起两朵甜甜的笑涡——拗执和嗔喜怎么可以融会在一起，但那又是分分明明的一张容华似水的脸！

后来回想起来，徐舞才懂得那叫惊艳，那是惊艳！

——为了这惊艳一见，徐舞自觉从此永不翻身，他也不需要翻身：古之舞者，那年的容华，教人怎生得忘？……徐舞永不愿翻身。

唐方却并不确知自己会让男人惊艳。

——因为她是女的。

女的绝少会为男人"惊艳"。

——事实上，男人至多让人迷恋、崇拜、动心，但很少能让人"惊艳"。

唐方本身，见到一些美丽绝色的女子，反而会"惊"上一"艳"。

虽然她对男人会这么地迷恋她并不知情，但她对自己很有信心——那次，在"一风亭"，她在沐浴的时候，一群无行浪荡之辈强行闯入，虽她已教他们吃了好些苦头，而且也可以断定她遮掩得好，他们什么也看不到，不过她还是认为那是"奇耻大辱"，想起也有羞耻的感觉。

幸亏她是江湖女子，而且一向豪侠惯了，心中痛恨，但也并不觉得那是什么大不了的事。

不过自此之后，她沐浴时便特别小心一些。

她不希望还会再发生任何尴尬场面。

"再要有男人闯进来，"她心中对自己起誓，"如果他不是我的丈夫，我就挖了他的眼睛。"

结果真的有人闯了进来。

"龚头南"一向防备森严，谁敢贸然闯入？再说，澡堂外面还有唐小鸡和唐小鸭守着，唐方就算在病的时候也是个有闲情的人，她一向看得开、看得化，她才不会因为近日来一直有"给窥视"的感觉而成了提心吊胆、惊弓之鸟。

——一个人要是阴影太重，那么就算在幸福时也不会快乐。

唐方既入江湖，就拿定主意，下定决心，要拿得起，放得下，万一拿得起，放不下，那么，就不要拿起来好了；可是如果既要拿起而又放不下——那么就放不下好了，又有什么大不了的？这样一想，其实也就没有什么拿起、放下的了。

这样最好。

——心宽自然闲。

可是这次却"闲"不下了。

唐方一向喜欢沐浴。

——洗澡给人干净的感觉。

——洗澡的时候，心境自然较舒闲一些。

这次之所以不能"闲"，那是因为澡堂的门突然无、声、无、息地震飞——不是震开、也不是震碎，而是震飞了但仍不带一丝声息的，这才是纵有绝世功力也不易为的——一人推着一张木轮椅，闯了进来。

　　——在唐方沐浴的时候闯了进来，莫非也是要来一场"惊艳一见"？

　　门崩墙毁。

　　——嗔怒的唐方动了杀机。

　　她最生气人家骚扰她的睡眠，更不喜欢当她沐浴的时候有人闯了进来。

　　更何况那是男人——而她刚有过"一风亭"的不快经历！

　　所以她今日决不容情。

　　——自从"一风亭"事件之后，就算是在沐浴的时候，她也把暗器放在伸手可及之处！

　　现在，正好派上用场！

　　她好久没使过暗器了。

　　甚至也好久没练习过了。

　　——可是有一种人，不一定是依仗勤习而有成，而是因为他（她）有与生俱来的天分，就算并不十分勤奋，仍然一出就是高手。

　　唐方就是这种人。

　　——不过，要有成并不难，靠一点点才华和一点点的勤奋就可以办得到，但如果要有大成，就则非常十分勤奋和有过人的天分不可了。

　　——唐方呢？

唐方在出手的刹那，已看清楚来的是什么人：

——一个男子。

她的暗器已出手之际，才发现来的正是"龚头南"的头领、"五飞金"的大当家："空明金镖"花点月！

这霎瞬之间，唐方有点后悔使出"泼墨神斧"来。

（——该死的花点月！

他似完全没有看到飞斧。

他的眼睛空空茫茫地，看着自己。）

唐方又气又愤，但却并不十分想杀死这个人。可是花点月却似没发现有暗器，甚至也没看见唐方的胴体，眼睛空洞洞地似透过了唐方，看着唐方背后的那一面墙上，更似透过了墙看到了墙外很远很远的地方——

这瞬间唐方真想大叫出声："看什么看——还不闪开——"

花点月没有闪开。

他仍然像钉着一般地坐在木椅上。

他眼神仍然忧郁、孤寂。

也许他在刹那间只"做"了一件事（之所以用"也许"二字，是因为唐方也不知道这种"情形"究竟是不是花点月"做"出来的，甚至也不知道是不是"人为"的）——他胸前的衣衫突然凸了出来，像一个气泡，"噗"的一声，飞斧钉在上面，活像毒蛇给抽去了脊骨，全消了劲道。

花点月点点头，道："好一柄飞斧！"

他的眼睛仍直勾勾地看着唐方。

唐方羞愤已极，怒道："可惜却杀不了你！"

花点月却问："你没事吧？"

"你才有事！"唐方恨恨地道，"我还有箭，你再看，我就射瞎你！"

"看？"花点月一愣，"看什么？"

唐方气极了。

——看花点月的神情，像什么也没看到。

——听花点月的口气，眼前的都不值他一看！

一个像唐方那么美丽已极的女子，更有一副美丽已极的胴体，可是花点月竟然完全不放在眼里，"目中无人"！

——对一个美丽得一向男人见了大都爱慕不已的女子来说，不意给男人撞见她的裸体固然羞愤，但更令她气煞的是那人根本像是只看到屋里有一张椅子那么自然，无惊无喜！

（此辱如何能忍！）

她终于发出了箭。

因为太过激动（可能也因久未练习之故），发箭的时候，也水花四溅。

水花正好可以撩人耳目。

箭夺花点月双目！

第壹叁回　惊艳一箭

——小小红箭，未伤人已红似血，一出手就似是一场惊艳，就算伤于它利镞下，也不过是一场惊艳！

箭夹着水花，煞是好看。

——小小红箭，未伤人已红似血，一出手就似是一场惊艳，就算伤于它利镞下，也不过一场惊艳！

这么好看的箭！

——箭到半途，还会像情人蜜语，方位遽变，本来左箭原取右目、右箭原夺左目，现却刚好对换！

唐方箭一出手，也觉自己下手太辣了！

——至多，只伤他一只眼睛便已太……

看花点月的样子，依然故我。

他仍似没看见唐方的胴体。

仍然没注意到有两枚小箭要亲吻他的双眼。

——但脸上却出现了一种微悟的神情。

唐方心软，几乎要叫："快闪，否则要变瞎子了！"

——可是她的声音又哪里及得上她的箭快？！

那两支小小小小的红箭，正以惊人的速度来惊它们的艳！

就在这时，"嗖嗖"二声，花点月左袖右袖，忽各掠起一道金光，本来射至的箭，倏然激空而起，"噗噗"落向唐方浴洗的木盆里。

金光又倏地回到他的袖子里。

他侧着耳，茫然得像听什么似的，半晌才说："原来你在洗澡。"然后把小斧拎起，齐齐整整地放在地上。

然后他推动轮椅，转向缓缓而去，一面说："对不起，我不知道，所以失礼。"

直至到了门外，他还抛下了一句苦涩的话：“你是看到的，我除了是双腿残废之外，也是个失明的人。我是听人说你遇险了，才急急赶了过来……”

唐方一时忘了拾起桶里的小箭，也不知道这个澡还要不要洗下去。

他初见她时，就好像是一个久困于枯井里的人，星光就是她的等待，但他也无意去攀撷。有一天，忽然有一个美丽的女子，遮去星光，俯身探首，看了他一看。她是不是来探看他的，他不知道，他只知道他看见她了，那瞬息间的容华，使他在井中疯蹈狂舞，心中给一种美丽得想飞的奇想充满，一种想飞的美。他知道他自己不是什么，也不算是什么，但凡她所眷顾的，她所垂注的，都是炫目的，都是荣耀的，所以他自觉已经是个人物了。

她的容颜能令人七情没顶，他看得她七情上脸，他为了常常能看到她，是以不惜击碎砖，敲碎墙，毁碎这口井。

轰然倒塌中，他才梦醒，他仍在井底。

——而井外的她，早已不在了。

“五飞金”是他另一口新的井。

——这是口他自杀的井，因为她在井里。

因为也在“井”里，所以才能常常见到她。

他逐渐可以接近她了，但还未向她道出真相。

因为时机未到。

他觉得她并不开心。

她的冷漠足以粉碎他的恸喜。

她看去有一种无聊的美——但有时这种看似轻描淡写的美艳

却又是见血封喉，且足以技压群雄的！

青山遮不住，毕竟东流去。

——时候快到了。

他用蚂蚁"寄"出了他"匕现计划"的"最后一封信"：

"四月初五亥时匕现"。

——"匕现"的意思就是：他要救出唐方了，请在原先约好的地方接应。

——为了不会出错，他一共"投寄"了两回"信"。

该做的他都已经做了。

他把一切的希望都交给蚂蚁。

——小蚂蚁。

唐方从不杀蚁。

每次，她抓到蚂蚁，就像抓到淘气的孩子一般，跟它说了老半天的话，然后仿佛打了个商量，订下"互不侵犯条约"，才把它扔下她的阁楼，让蚂蚁在空中风中飘呀飘的，为它设想一段惊险而无恙的旅程。不是听说猫从高处跃下也不会受伤的么？蚂蚁更轻，当然不会受伤了。要不是它们来偷吃她的饼干、蜜饯、糖果，她才不会去抓它们呢！都是它们坏，破坏了君子协定。它不仁，我不义，扔它下三楼，吓唬吓唬也好，看下次它还敢招朋唤友地打扰我不？

唐方为了不去想原来那很好看人又很好的大当家原来是个瞎子，只好去跟蚂蚁说话（一言不合，有时还骂起架来。）

她一直以来都有个迷惑：她几次发现徐舞俯身蹲地，嘴里念念有词，可是地上什么也没有，只有几只或一队蚂蚁——他跟蚂蚁到底在进行什么"交易"呢？

结果，她的视线发现了一只蚂蚁，扛着一粒米，她眼尖，瞥见米上仿似有字。

她还好奇。

她"抢"掉了蚂蚁"扛着"的米。

（这也叫作"劫粮"吧？）

然后她看到了一个"初"字。

她不动声色，未久，又一只蚂蚁千山万水地经过墙角，它"扛"的米自然给唐方"劫"去了。

那是一个"五"字。

——初五不是明天吗？

唐方沉住气，随着蚂蚁雄兵队伍寻索过去，找到了"亥""时"两个字，还发现徐舞就在院子里鬼鬼祟祟地把米粒"交"给蚂蚁。

——好啊，这小子！

——吃里爬外，竟敢在唐、雷、温三大联盟里闹事！

—— 一定是来"卧底"的！

——此举无疑是跟外面的人联络了。

（他开始假装不认识我，后来又无故搭讪，说话结结巴巴，原来别有所图！）

（——这些日子以来，一直有人暗盯，莫非就是他？！）

（他不是说今晚酉时要来找我吗？）

（幸好我发现得早！）

——江湖无分大小，只要敢闯就是江湖。

唐方觉得"五飞金"里也是一个小小的江湖。

——不过她并不明白，"闯"有时确可闯出天下，但有时也会闯出祸患来的。

他终于等到今晚了。

（我该怎么跟她说是好呢？）

（她出去之后，还会不会理睬我呢？）

（她会不会怪我一直都瞒着她呢？）

（她会不会相信我的话呢？）

徐舞生怕自己见着唐方之后，会不知怎么说，甚至会说不出话来，是以他奋笔疾书，并详绘记成画图，小心勾勒各要道出处，破阵之法——可是，一一写成之后，他又把信团均揉成一团，大力扔在地上，心中一股胆气陡升：徐舞，你既有勇气身入虎穴，为何却不敢当面对唐姑娘把前因后果说清楚，亲自带她出去，还绘什么图？！写什么信？！

他决意不予自己有逃避的机会。

他就这样热着血、热着心、也热着情，到了"移香斋"。

他一时"忘了"把纸团撕去——其实，他所给唐方任何事物，或有关唐方的任何东西，他都不舍得毁去；就连当日他初见唐方时的衣衫，他都不舍得再穿，洗得干干净净的，去哪里都带在身旁。

第壹肆回

荒唐

一战

他的身形飘忽，并不急，也不快，亦无惊出奇，但就是出奇地美。

美得不像是轻功。

而是舞姿。

唐方嫣然一笑道："你可来了。"

徐舞的心又在飞舞。他强抑心神，说："唐姑娘，我来这里，其实是有话想告诉你……"

唐方笑盈盈地睨着他："你当然是有话告诉我了，不然到我这里来干啥？"

徐舞舐一舐干涩的唇，措辞对他而言，比舞动一头狮子还凶险："是这样的，我是受唐悲慈前辈所托——"

忽听檐外一个祥和至极的语音道："你来这里卧底，还敢把十六哥牵扯进去！"

另一个不耐烦的声音说："啰嗦什么？！把他逮起来！"

说话的两人，一个是唐拿西（他正弹着指上的污垢），一个是唐堂正（他像一头给烧着了尾巴的老虎），一齐自外，"迫"了进来。

他们走进来的时候，给人的感觉就是一个气势"迫"人的"迫"字。

徐舞仓皇望向唐方。

唐方得意洋洋地说："瞧，我早就发现你是来这里卧底的了。是我通知唐叔叔的。"

徐舞宛似听到身体里有什么事物"咯"的一声碎了，这一来，整个人都变得残缺不全了，反而回复了平时的机警。

"我说的是真的，他们是要骗你交出唐门绝技的练法，毒也是他们下的。"徐舞急而快而低声疾道，"要是不信，你可以先到我房中取两张揉绉的纸瞧瞧便知，还可以按图到'水月半塘'后的'鹰留阁'一看便知——"

说到这里，唐拿西和唐堂正已走到近前了。

唐堂正蓦地喝问："你说什么？！"

徐舞忽道："是江南霹雳堂的雷暴光遣我来的！"

"胡说！"唐堂正怒道，"雷暴光在霹雳堂？！你睁眼说瞎话！待会儿我叫雷暴光好好地给你——"

唐拿西忽道："正哥，别多费唇舌，拿下再审！"

唐堂正马上察觉，立即住口。

唐拿西忽问唐方："小侄女，他刚才说了什么？"

唐方心头忽觉一片紊乱。

她毕竟是个冰雪聪明的女子。

听了唐堂正的话，她开始去想徐舞的话了。

"他狗嘴里不长象牙！"唐方灵机一动，"他说是五十七叔叔派他来的。"

唐堂正嘿声道："荒唐！"

唐方反问："——说不定他真的是五十七叔派来的呢！"

"荒天下之大唐！"唐堂正睁大双眼，不可思议地道，"怎么会呢？"

"怎么不会呢？"唐方"转守为攻"，"五十七叔的为人我一向都觉得……"

唐堂正一声喝断："当然不会，因为——"

唐拿西一向慈和，此际忽然出一声断喝："兔崽子，胡说八道，妖言妄语，还不就逮！"

徐舞忽然漫空而起。

此地已不能留。

他绝不是笨人，到了这个地步，他只有先求"走了再说"。

他的身形飘忽，并不急，也不快，亦无惊出奇，但就是出奇地美。

美得不像是轻功。

而是舞姿。

——在这极美的舞姿中，徐舞已射出三十发牛毛针，十三片飞蝗石，六支五棱镖，还有一道寒芒。

暗器全攻向唐拿西。

当徐舞发现唐方揭发他是"卧底"之后，立作了几个反应和反省：

一、他错了。他应该一早就先告诉唐方的，否则，唐方不知他是来"五飞金"救她的，反而以为他是来与"五飞金"为敌。

二、解释已来不及了，而他也及时说了他说的话。现在已不能逞强，唯有先逃出去再说。

三、眼前这三人中，以唐堂正武功最高，但以唐拿西最是机警精明，他一出手，就要先让唐拿西回不过气来，自己才有机会逃走。

——对手武功高强还在次要，对一个逃亡的人来说，追捕者的精明机警更为可怕。

他的暗器一出手，人就立刻"飘"了出去。

唐拿西刚想动手，却见徐舞已至少以六十种暗器攻向他。

他只有一霎的时间接下了所有的暗器。

但这一刹那间徐舞已如风般掠出了"移香斋"。

他掠出去的时候掠过唐方。

唐方明若秋水的眼正看着他，手指一动，但却没有出手。

徐舞一接触唐方双眼，震了一震，唐方虽然并没有出手，但他还是慢了一慢——

就这一慢之间，唐堂正已大喝一声，劈掌打出一块金子。

一块沉甸甸、厚重重的金子，夹着厉啸已击至徐舞背门。

徐舞大叫一声，背后为巨劲所撞，陡然向前疾驰，比原先速度倏地增快了十倍不止！

他一直急掠了三丈，才停了一停，但金砖余力未消，他又急纵三丈，脚才沾地，金块第三波余力又至，他再一纵三丈，然后倒空急翻，伸手轻巧地接下了金砖。

原来他是借唐堂正"飞金"之力来使自己急速突围。

唐堂正怒吼一声。

徐舞接下金砖，笑道："谢了。"此际他与唐堂正、唐拿西已隔了近十丈距离，以他的轻功，可谓占稳了先势，但大敌当前、危机四伏，他可丝毫不敢怠慢，深一吸气，想借着自己对这庄园里奇妙阵势的了如指掌，希望能一鼓作气，闯出"龚头南"。

他的身形甫起，忽然双肩给人按了下来；他急欲借力弹起，双膝已给人紧紧箍住。他想要反击，但双拳已给人铁锁般硬硬握死在那里。他恐惧，但两颊给人用力一捏，不禁张大了口，立即嘴里给塞了一物。

"你再挣扎一下，只一下，"在他面前的人，神情是像一堆马上就要爆炸的火药，那人只一字一句地道，"我立即就叫你粉身碎骨。"

徐舞的心马上沉了下去。

冷到了底。

雷以迅。

——拿住他的人是"四溅花"雷以迅。

——遇上雷以迅，谁也逃不了。

到此地步，徐舞只有认命。

他们押走了徐舞，唐方的心里仍一片乱——至少，要比唐小鸡和唐小鸭正在收拾的"移香斋"还要凌乱得无可收拾。

她无法忘怀徐舞给押走时的眼神。

——那眼神到底是要说些什么呢？

——在说些什么？

徐舞走了，可是那眼神仿佛还留在那里。

唐方决定到菊池亭那儿去看个究竟。

——菊池亭左房，就是原来徐舞住的地方。

去那个地方并不难。

——从"移香斋"到菊池亭，其间也并没有什么巧妙严密的阵势和守卫。

问题反而是要找一个借口。

——为什么要离开？

"我去找花大当家。"唐方气冲冲地说，"太过分了，有人潜入了此地这么久，大家都没发现，要给江湖上的朋友知道了，可要笑黄了脸！"

唐小鸡和唐小鸭果然都没有起疑。

所以也就没有跟上来。

——或许，那是因为唐方跟花点月一见如故，比较熟络之故吧？唐方去找花点月，大家也不疑有他，却不知自那一次花点月闯入唐方香闺之后，两人就一直没再会过面了。

　　——也许，也因为今晚之所以能手擒"卧底"的徐舞，也全是唐方"告密"之功吧，所以大家也就不怎么留意她的行踪了。

　　故此，唐方才能比审拷徐舞的雷以迅、唐堂正、唐拿西等人，更早一步到了菊池亭三房，进入了房间，找到了皱纸，看完了纸团，她才知道，自己刚才一手造成和亲眼目睹的那一战，有多么地荒唐！

　　——唐方，唐方，假如那是真的，你做了多么荒唐的事啊！

第壹伍回

大方

一堂

他以刀锋削去自己每夜暴长的须根的时候，忽念及唐方，从此下颏多了一道抹不去的刀痕。他这才明白，原来他怕父亲是因为老父威严，怕唐方是怕唐方不高兴。

为了证实到底有没有这回事，唐方决定要去一探虚实。

她施展"燕子飞云纵"中最高妙的轻功，潜行到了"鹰留阁"。

——在黑夜中因深记徐舞的图形，才不致误触机关，或走入迷阵，不过，唐方自己也有点诡异：自己不是久病的吗？怎么施展起轻功之际，竟然并没有真气不继、元气不聚的感觉呢？

如此固然可喜，不过对抱恙已久的唐方而言，也十分可怪。

她潜伏在"鹰留阁"的"水月半塘"，并没有发现什么可疑的，也听不到什么阴谋。

她只看到了几个人，就一切都明白过来了。

——她看到的当然是人，不然还是鬼不成！

只不过她看到的是几个确不该在这里见到的人。

"鹰留阁"里有十几个人，其中大都是雷家好手和唐门高手，其中还包括"三缸公子"温若红，还在喝酒猜拳、高谈阔论。

这些人在这里都不奇怪。

可是有三个人也在这里，唐方就极感诡异了，他们是：

——雷暴光。

——唐不全。

——雷变。

他们不是各回家乡去受"处分"的吗？怎么都竟在这里出现？看他们的样子，似在这里很久了，而且一直都住在这里，并且还会继续住下去似的。

唐方诡异莫已，她决定要追查真相。

所以她小心翼翼，潜过"水月半塘"，按照徐舞所提供的图样，避过戍守和机关、阵势，直奔"龚头南"的正北方"金鼓楼"的残垣下。

——因为徐舞在那封未交给她而是她捡起来的信里说："金鼓楼"的残垣下，已有人在那儿接应。

——谁在"接应"？

唐方决意要问一问"接应"的人，到底是怎么一回事？

谁是那"接应的人"？

唐方并不知道，就在她自以为不惊草木地转身而去之际，那在阁里的"三缸公子"温若红，忽然回过头来，向刚才唐方藏身的塘畔望了一望；他满面病容，满脸酒意，但眼神却是绿色的。

绿得慑人。

"金鼓楼"真悬着一面金色的大鼓。

—— 一有什么风吹草动，在那儿镇守着的侍卫立刻击鼓示警。

可是，今晚，月黑风高，这儿一个卫兵也没有。

——现正是亥初。

唐方很快就发现六名守卫都给点了穴道，残垣西南角，也给击穿了一个洞。

她这时候得要作一个决定：

一、她马上呼喊张扬，"五飞金"的人一定马上警觉，查缉到底是谁闯入。

二、她退回"移香斋"，因她出来已太久，唐小鸡和唐小鸭必会生疑，只要一旦惊动其他的当家，这事就会遮瞒不住。

三、跨出残垣，看看到底是谁干的事，到底是怎么一回事？

人生在世，往往有许多事是不容你周虑的，要马上下决定的。

唐方决意要查明真相。

她走出"金鼓楼"残垣下的那个"洞"。

她一跨出洞口，就有人唤她："方姊，你终于出来了。"

她一转首，几乎吃了一大惊。

她早已意料有人会在墙外候着，但却没料到会有这么多人！

——黑压压的怕没三四十人，全屏住声息动也不动地伏在那里，一副纪律森严、电殛不避的样子！

叫她的人已走了近来。

唐方立即退开，很是防范。

那人向她扬了扬手，表示并无恶意，掏出两颗青粼石，凑上脸去一映，只见一只又高又削又钩又挺的鼻子，下颌还有一道小疤痕，看去更有男子气概——唐方认识此人，正是辈分在自己之下但很受唐门正宗一系重用的唐催催。

唐催催是唐悲慈的儿子，一向与唐方交好。唐方一见是他，登时放了心。

她比较不警戒了："你为什么会在这里？"

唐催催一愣。

这时，一个一座山般的人影一闪而至，有一种虎扑而下的气势，唐方吓了一跳，青粼映照中，却见那人虎背虎腰、虎眉虎目，连压得低低的语音也似是虎吼："小徐呢？"这虎一般的汉子瞪住唐方，眼中有一种特异的神色。

"小徐？"唐方奇道，"这到底是怎么回事？"

这时，已微微可听到"龚头南"庄传来吵噪的声音。

唐催催道："走，咱们边走边说。"

"走？"唐方问，"走去哪里？"

这时灯火一一亮起，犬吠人叱，渐渐迫了近来。

唐催催急道："是爹爹要我来接方姊的。山大王，咱们走。"

山大王冷哼一声，一把揪起唐催催的衣襟："小子，老子要走就走，你少来下令！"然后这才松了手，拍拍手，道："我下令，才是令！"并跟大队人马说："走！"

一下子，人起马立，个个剽悍，身手利落。人说"山大王"带兵攻城略地，劫不仁之富济大义之贫，除横虐之暴安善德之良，所向无敌，剽悍无匹，唐方今回亲眼目睹，方知果言不虚。

这时候，连"金鼓楼"的灯火也点亮了起来。

唐方还待要问，唐催催已急道："走，快走，再不走就来不及了！"

当下牵过一匹枣骝马，要唐方跨了上去，山大王长啸一声，一队铁骑，静时宛若鸦雀无声，动时却似万鼓齐鸣，四跃翻飞朝北而去。

骑队一走，唐拿西和唐堂正已率二三十人急纵而至残垣墙洞之下，见大队人马，气势如风卷残云般远扬而去，真个徒呼嗬嗬。

唐堂正气得什么也似的："走了，走了，唐方这一走，咱们在唐门便没有立足之地了。"

唐拿西也愤愤地道："一定是唐悲慈的阴谋诡计！算了，反正此事难免通天，只争迟早，咱们跟唐门决裂，在所难免，恨只恨我一早就说了，唐方务必要除，都是花老大太多顾虑，要不然，哼！"

唐堂正也乌口黑脸地道："花老大妇人之仁，扣住一个人老是不杀，不就养虎为患了么！温老四也做的好事，下的是哪门子的毒？没道理天天吃'十三点'的人还可以闯得出咱们所布的奇阵的！"

唐拿西道："算了吧，咱们总算擒住了一个，得好好整治——看不出唐方也真够狠的，牺牲了一个同党，向咱们来告密，要不然，咱们也不致对她一时掉以轻心！看来，唐方这小妞也真不可小觑了！话说回来，我不是早说过姓徐的小子不是好东西吗？先前你又不信！"

唐堂正登时火大："这小兔崽子，我饶不了他！——看他口硬加上骨头硬，能硬不硬得过我的心！"

唐拿西看着那墙垣的缺口，喃喃地道："不过，此事一旦传了开去，咱们就是跟唐门老虔婆一系明对明放胆干上了，一切得要小心些为是！咱们先去请示雷老二，今晚定议，明日即行重新布防才是。"

"他们敢来么！"唐堂正堂堂正正地豪笑了起来，"就怕他们不来！请得到老太婆来时，咱们早已高手云集；要只是唐悲慈那伙人，咱们还等腻了呢，倒省得带队攻去庄头北！"

"还是小心些好。你看，"唐拿西道，"可不还是出了事！"

唐方急驰中的坐骑，戛然而止。

马作人立，长嘶一声——唐催催还以为出了什么事。

唐方一勒马，山大王一挥手，马也急止，他的三十五名子弟兵一齐收缰勒辔，竟同时陡然不动，马首齐平，只马鼻不住喷出雾气："山大王"平时练兵之严，这干子弟兵训练有素，从此可见一斑。

唐催催见了，也暗自心悚：看来"庄头北"的八十一唐门子弟，若真要跟"山大王"一部硬拼，只怕也未必讨着便宜。

唐催催不止心惊，也心急。

——唐方是他的师姊。

——他怕唐方。

——他甚至怕唐方还多于怕他的父亲。

这缘由他一直不明白。直至有一次，他以刀锋削去自己每夜暴长的须根的时候，忽念及唐方，从此下颔多了一道抹不去的刀痕。他这才明白，原来他怕父亲是因为老父威严，怕唐方是怕唐方不高兴。

唐方的事，是他力主要救，所持的理由便是：老祖宗极疼唐方，要是唐方命丧"龚头南"，只怕老奶奶追究下来，连唐悲慈也责无旁贷。

——老奶奶一旦生气，可不是好玩的！

——何况唐门绝门暗器手法，是不能外泄的！

唐催催说动了唐悲慈。

唐悲慈也一向很爱护唐方这个侄女——虽然爱护唐方，也是一种讨老祖宗欢心、接近唐家堡"权力中心"的方式之一；况且，唐催催又是他的独子，别人的话虽然不听，但儿子的要求，总难拒绝。

是以，一向不会为小事而影响大局的唐悲慈，才肯听取唐催催的进言，要徐舞身入虎穴，试图营救唐方——顺便让徐舞潜入"龚头南"的"五飞金"内部，传出密讯，以更进一步了解敌方的布阵和机密，不失为一举两得之妙计。

——有损无益的事，就算是救人行善，唐悲慈是决不屑为之。

唐催催也许别的未得真传，但对这一点"绝学"，倒是学得九成九。

他喜欢唐方。

他关心唐方。

——但无论再喜欢再关心，他也不能（会）像徐舞一样，不惜以身犯难地去冒险。

——这样太划不来了。

——这种事，就让傻子徐舞去干。

——顺便，也可以除去一名"情敌"。

是以唐催催只管"接应"。

只不过他是一心期待唐方能够脱险。

——唐方现在是脱险了，一路上，问他前因后果，他答了一些，"山大王"的"佐将"和"佑将"言辞快利，答得十分周详，只铁干皱着浓眉不语，骑马骑得像胯下是头怒龙一般。

唐方可在听完之后，忽又不肯走了。

唐催催担心的是敌人追到，这可叫他如何不心急！

唐方寒着脸问唐催催："他们说的可都是实话？"

唐催催只好点头，心里头可是说：姑奶奶，走吧，走吧！

唐方调辔："我不走了。"

唐催催差点没叫了起来："什么？！"

唐方说："我要回去。"

唐催催这回真的叫了起来："你说什么？！"

唐方说："徐舞为救我而身陷'龚头南'，我决不能舍他不顾。"

唐催催还在叫着："是他自己出不来，又不是我们害他的，谁叫他——"

唐方打断他的话："是我害了他。"

唐催催声音更尖锐了起来："我们不能回去。我们不是他们的敌手。他们经过此事，必有防备，一旦布下'飞金杀阵'，先放一个缺口，让我们进去，然后再收拢包抄，咱们就得全军尽灭了。"

唐方只静静地道："不管如何，我们都不能留下徐舞不管。徐舞为了救我不惜甘冒奇险，而我却是害了他！我不知道此事便罢，现在已经知道了便决不罢了！"

唐催催这回不管了，就算生怕唐方生气也咆哮了起来："他是自愿的，咱们又没逼他，他送命是他的事，咱们可不必陪他枉送性命！"

唐方寒着语音道："人说：'有福同享，有难共当'，不懂这八个字两句话，如何还能在江湖道上行走？我们这一走，怕不成了'有福独享，有难不当'，蜀中唐门，日后在江湖上还怎么亮得起字号！"

"若说起'蜀中唐门'，奉老奶奶之命在这儿主掌大局就是爹爹；"唐催催怪叫道，"他说过：这次的事，救了唐方就走，不许节外生枝，否则重罚不恕！"

唐方语音落地犹作金声："好！那我就是唐方自己一个人行动，我现在就只代表我一人所创一人所办一人主掌一人加入的'大方一堂'，跟你、你、你、"她的纤指一个个指下去，越说下去脸色就更白得发寒，"跟你们一丁点儿关系都沾不上。"

然后她一拱手："在此谢了，后会有期。"说罢打马而去，直奔南方。

唐催催拍额大叫："天！"一时不知如何是好。

"佐将"老鱼望着远去的唐方，张大了嘴巴，下巴像掉了下来。

"佑将"小疑左看看唐催催，右瞧瞧首领山大王。

山大王良久不语。

然后陡地猿臂一伸，一手揪起唐催催，进出一声低吼："记住了，这儿的人是我的，'全军尽没'这句话，不吉利个臭皮叭啦子，你敢说！"

唐催催给他一揪，几乎没闭过气去。

山大王放下了他，嘿嘿冷笑道："唉，女人！哎，女人！女人就是意气用事，上不了大场面！大家今个儿可瞧在眼里了：男子汉大丈夫要成大事，就千万莫要讨老婆！"他手下们都没精打采地齐声应道："是。"

然后山大王猛地如平地旱雷，胡子戟张、虎目暴瞪地向他三十五名子弟兵咆哮："他奶奶个祖宗十七代半的熊！他娘的女人都讲义气，咱们还待在这里去他龟孙子的当乖乖小王八不成？！有种的，跟我山大王杀入'五飞金'去！"

这次众人一声吆喝应和，龙精虎猛，马嘶蹄鸣，山为之震。

第壹陆回 惊艳一剑

剑一出，清而亮，丽而夺目，像一场天长地久等待着海枯石烂的惊艳！

唐方仗着她那玲珑灵巧的绝世轻功："燕子飞云纵"再度潜回了"龚头南"，制住了三名把守的侍卫，并悄没声息地进入了"五飞金"。

除了因为她过人的绝顶轻功之外，唐方之所以能进入"五飞金"，主要是因为：没有人会料到她敢（会）立即去而复返。

——一个明明是落荒而逃的人，却回来成了狙击者，这的确是让人逆料不及的。

让人措手不及之际便是自己稳站了上风之时。

"山大王"及其三十五骑则没那么幸运。

他们气势浩大。

——气势愈大，惊动愈大。

所以强者易挫，刚者易折。

——当刚强者俱不易为，能为亦不易久。

可是"山大王"部队却能久能大。

他们以强者的姿势、霸者的姿态勇行天下、横行江湖！

他们现在要席卷"龚头南"。

唐方一入"五飞金"也正是"山大王"大队进入"龚头南"领地十里之内，"五飞金"即已发现马上在"金鼓楼"鸣鼓示警。雷以迅即以迅雷不及掩耳的手法布阵，然后与唐堂正亲自领西门高手五十二人，迎战"山大王"。

雷以迅与唐堂正上阵，唐拿西则调兵遣将，在"五飞金"内部署，调度有方，这时候，雷变却匆匆来报："有三名戍守'金鼓楼'的守卫受制，来人身法太快，出手也快，他们都没看清楚是谁——看来可能已有敌潜入庄内。"

"花老大和温老四都不是省油的灯！"唐拿西一弹指甲，一向祥和的语音也尖锐了起来，"来了更好，瓮中捉鳖，逃不掉。"

雷暴光杀气腾腾地道："这干不要命的兔崽子好大的狗胆，明明去了，却又杀将回来！要是等到明天，咱们布阵已成，总堂的高手也调将回来，那就来两个杀一双，多来多买卖便是了！"

唐不全却阴恻恻地道："他们杀了回来，难不成是为了救徐舞吧？如此说来，姓徐的一定知道了些重大机密，否则，以唐悲慈的为人自私自利，怎会贸然发动，不惜硬拼？让我先去拷问拷问，看问出个什么来着？要是风声不对，杀了他讨个本儿也好。"

唐拿西嘉许地道："好，这事你们两个就先去办。我稍后就到。"

两人领命而去。

——唐拿西的武功和暗器手法还有在"五飞金"的辈分，都不算是最高的，可是他在三门联盟的"图穷计划"里，却是层峰里的人物，平时足智多谋，心狠手辣，想要在新势力中占一席位的权谋分子，都懂得要先巴结他，讨他的欢心，如此才较易飞黄腾达，备受重用。

——人要活下去，总是要千方百计。

谁叫你是人？何况还是活在弱肉强食、尔虞我诈里的江湖人！

唐方记性好。

——徐舞给她的绘图，她只看过一遍十之八九都能记得，所以避过了许多关卡。

直至她掠到了"水月半塘"。

塘边有一个人，满脸病容，看去却似是满脸愁容；本是满面愁容，看久又似是满面病容，很安静地坐在那里（甚至也很温顺），像是在等人。

（他在等谁呢？）

在他身边，放着九坛子的酒。

"鹰留阁"里，杯盆狼藉，由于原来在一起吃吃喝喝的那干人，似因骤然集合御敌而匆匆离去，只剩下了这一名愁愁病病的公子，和他身边的九大坛的酒。

——看他的样子，简直当那九坛子酒是他九个好朋友。

唐方一见到他，立即就停了下来。

——"燕子飞云纵"是绝顶轻功，真个说停就停，说止就止，一动一静，皆如羚羊挂角，无迹可寻。

可是她才陡止，那个在等人的公子已淡淡地说：

"你来了。"

——他等的显然就是她。

唐方心里也有一声太息。

——她实在不愿与此人为敌。

因为温若红除了武功深不可测，毒功防不胜防之外，更重要的是，一直以来，温若红都待她很好，她诚不愿与此人为敌。

"我来了。"

"你为什么要回来？"

"——我能不回来么？"

"你要救徐舞？"

"徐舞为了救我，所以才会陷在这里。"

"很好。依我看来，他不惜牺牲性命来救你，是为了重情；你不顾一切冒险犯难来救他，是为了重义。"

"是情是义，你们'五飞金'这样处心积虑来害我，我都不明白，当然也不甘心，不服气。"

"你想知道理由？"

"为了把我留在这里，日后可以挟制老奶奶？"

"唐堂正和唐拿西都很怕你们唐门的老祖宗，他们一面想反叛，一面又感到害怕，所以把你留着，他们会安心一些。当然也不是没其他的理由的。"

"——你们想学唐门秘技：'留白神箭'和'泼墨神斧'？"

"不是我，而是他们。他们要得到的也不只是这两门绝技——听说'燕子飞云纵'的最高技法，叫作'在水七方'，他们也有兴趣，就不晓得你会是不会？"

"你何不试试看？"

"有的是机会——你不是已回来了吗？"

"其实你何不干脆点，在看病之时把我毒死算了？"

"一、我不会对你下毒的。事实上，他们开始是要让你失去功力，以便控制，然后又激你多习暗器，来证实自己在康复中，后又见你一直不肯练习唐门秘技，可能是因内力无法凝聚运功而灰心丧志之故，所以要我把'十三点'的毒力减剩'七点'，让你有办法练功，但病却始终好不了，以便万一之时可轻易解决；不过，我没听他们的话，我后来给你下的药，便是除了让你恢复全部功力之外，还奉了大当家之命，让你全然恢复了健康，要不然，你现在也不可能来去自如。本来，我一早就在酒里下了药，来减轻你的病痛，可惜你一直不肯喝我的酒。二、在你的几门绝技秘诀未泄露之前，唐拿西、雷以迅、唐堂正没一位当家会让你死得轻易的。"

唐方冷笑："这样说来，我得要感谢你格外施恩，手下留情了？"

"不敢当，"温若红一副是当之无愧当仁不让的模样，"我把你的病医好，他们也不知道。他们只奇怪，眼看你气色一天天好起来，为何还是不练'留白''泼墨'和'在水'这些绝艺。"

"因为我觉得一直受人窥视着。"唐方抿一抿嘴，靥上又浮现了那一对可爱的酒涡，"坦白说，自从前后两次沐浴时遭人闯入后，我总是觉得一直都有人伺伏着，我虽不疑有他，但因为不安，所以还是没有在这住了那么久但仍感陌生的地方来练唐门秘技。"

她笑笑又道："我本来很爱沐浴的，最近，我实在有点怕了洗澡了。"

"那你是做对了。"温若红笑道，"他们是看错了。"

"看错了？"

"其实你也不简单，"温若红说，"他们以为你只是个爱笑、爱哭、初出茅庐的不知天高地厚、天真得接近幼稚的女子。"

"其实他们也没错，我的确是，"唐方说，"但我还有另一面，他们没看仔细而已。"

温若红笑道："像他们就只以为你是个意气用事的女子，却就不知道你也是个聪敏且讲义气的女子——你有胆子马上就回来救徐舞，大家都想不到。"

唐方说："既然如此，言归正传——徐舞在哪里？"

温若红笑了，他一直没有正眼望向唐方，现在他直接望向她了："他们要我守在这里，便是要我不许人救徐舞，并把救徐舞的人拿下来——我还是'五飞金'的四当家呢，我怎能什么也不做，比这儿一块假山假石都不如？"

唐方抿嘴笑道："这么说，你虽然很爱护我，可是职责所在，不得不和我交手了？"

温若红点头，然后发出一声微喟道："除非你现在马上就走，我就当没见过你。"

唐方坚定地说："我既来了，救不了徐舞我是不走的。"

温若红长叹道："那只有先把我击败一途了。"

唐方抿抿唇说："我本不想和你打——在这里，你一向对我都不错。"

温若红说："我也不想和你交手。如果你现在要走，还来得及。"

唐方嫣然道："走，我一定走，但要救了徐舞才走。"

温若红长叹道："我们不动手也行。除非你能把我灌醉了，那我醉模糊了，什么也看不到、什么也拦不住了，谁也不能怪我了！"

"好计！"唐方笑说，"可是我怕喝不过你。"

"我喝三缸你能喝一缸我就放你过去！"尽管一个人能喝半大缸的酒已是不可思议的事，但温若红听说唐方陪他饮酒，他就从眼到脸都发了光，"你应该担心酒里有毒才是——我毕竟是岭南'老字号'毒宗温家的人！"

"我只知道你是温若红。"唐方的皓齿咬咬下唇，道，"好，那我就舍命陪喝酒了！"

温若红笑了。

他很温和地问唐方："你知道我是以什么成名？"

"你以前是有名的'三绝公子'，以酒、毒、剑名成天下；"唐方答，"但近日来人皆称你为'三缸公子'，你的盛名全为酒量所掩盖。"

温若红又很温柔地问："你一向不喜欢喝酒？"

唐方笑道："你几时曾见我酒沾过唇？"

温若红的语气仍甚温暖："就算我让你，你能跟我喝成平手，但你也醉得差不多了，如何去救徐舞？"

"我知道，也明白。你让我醉了，再把我逐出'龚头南'，我也再没办法去救徐舞了；"唐方望定温若红，一字一顿地说，"你也知道我的脾气，我从来都不喜欢人让我的。"

温若红长叹。

这回他再也不说话。

他的手臂一舒，已抓起一坛酒，一掌拍开封泥，登时酒香四溢，熏人欲醉。

他把酒递给唐方。

"这是有名的烈酒'胭脂泪'，不呛喉，但酒性醇烈，你要当心。"温若红一闻酒味，语气温馨得直似跟情人谈心，"这儿有六坛子'胭脂泪'，其他三缸，叫作'干不得'，这种酒，又名'追命'，要比'胭脂泪'更浓、更强、更醇、更烈、更猛、更冲十倍！"

然后他说："你只要喝完半缸'胭脂泪'还不倒，我用一缸'干不得'陪你，你若能喝完一缸'胭脂泪'，便算你赢。"

唐方当然听过"干不得"这种酒——竟以名震天下"四大名捕"中酒力最胜的神捕追命为名，自然非同小可。

她点头。

接过了酒。

"我试试看。"她凝重地说。

"好，"温若红抓起一坛"干不得"，也拍开封泥，道，"请了。"

"干！"唐方说。

她一口气把酒干尽。

不是一杯酒。

不是一壶酒。

也不是半坛酒。

——而是整缸的酒，一口气干尽。

喝完烈酒的她，还把缸中最后几滴酒倒入嘴里，舐舐唇，笑了起来，笑靥如花，眼神发亮，整个人看去就像是一杯醇醇的烈酒。

她笑问温若红："还有没有？"

温若红张大了口，忘了手中有酒。

"真是够劲！"唐方用秀巧的纤手抹去了唇边的酒渍，"怎么了？手上有酒不喝，太暴殄天物了吧？"

温若红嗄声道："你……"

"对了，你干的是'追命'，对你不公平，不如这样吧，"她索性自己擎起一坛子"追命"，笑说，"我也跟你来喝'干不得'，你喝一坛，我饮两坛，如何？"

然后他们各自对饮，均把手里一坛子"干不得"干完。

之后唐方的眼神更明亮了，笑靥更是艳绝。

"只剩下一坛'追命'了，不如我喝了它，"唐方抢着道，"你喝'胭脂泪'好了。"

说罢已把酒夺了过来，径自一口干尽。

温若红喝完了第二缸"胭脂泪"，已开始叽叽咕咕地自己说话："……我不知道你这么擅饮的！"

"我只告诉你我不喜欢喝酒，我没骗你说我不会喝酒。"唐方笑嘻嘻地用手摸一摸自己微微绯意的两颊。

喝到第三缸酒，温若红已双眼发直，频打酒嗝。

唐方笑盈盈的，面如傅粉，袅袅媚媚，温若红醉眼里看见她那风风流流的样子，原本六分醉成了八分，终于说："……没想到……"

话未说完，唐方已喝完了第四缸酒了。

她还把坛倒转过来，向温若红表示是喝个滴酒不剩！

"……不行了，我已不胜酒力了。"温若红说。他确是"三缸公子"，三缸烈酒喝完了，仍然不倒，不过也得醉上七八分了。"酒量，你好，可是……"

唐方笑道："可是你还没喝第四缸酒。"

"我不喝了，"温若红语无伦次地道，"我要跟你比剑！"

"怎么？"唐方秀眉一扬，"不服输呀？"

温若红只说："——小心！"

一说完他就出剑。

剑在何处？

他手上本无剑。

腰畔也没有剑。

背后更没剑。

——剑原来盘在第三缸缸底里。

软剑。

—— 一把在酒缸里喝醉了酒的剑。

剑一出，清而亮，丽而夺目，像一场天长地久等待着海枯石烂的惊艳！

第壹柒回

我们吃醉胭脂的那一天……

她一向都是个不逃避的女子。

唐方没有避。

——她是来不及避?

——还是因醉不避?

那惊艳的一剑,陡然在唐方咽喉前止住。

——那一剑遇上唐方,却似惊了一艳。

惊剑一艳!

温若红讶然问:"你不避?"

他人似醉了,醉眼昏花,但手里握剑却是出奇地稳定。

"你没醉?"唐方明若秋水地看着他,一眨也不眨,"你出剑既快又定!"

"非也!"温若红蓦然收剑,仰天而倒,抱着一块石头就睡去了,还说了一句,"我醉了!"像抛下了这句话他就可以去云游仙去不理似的。

唐方明白他的意思。

她站了起来。

她还去救徐舞。

—— 一站起来的时候,才觉得一颗头像变成了八个,噢,倒真的有点醉意了。

不管怎么醉,她都记得一件事:她要去救徐舞。

徐舞所绘的图形里,有一处叫作"死屋",那是用来囚禁犯人的——唐方猜想:徐舞大概就是给关在那里。

但要进入"死屋"之前，先得要经过"活房"。

——"活房"就是花点月住的地方。

这地方不能回避。

——要回避只有触动机关。

唐方也决不回避。

——她一向都是个不逃避的女子。

她只是在清风徐来之际，激灵灵地打了一个冷战。

——是真的有点醉意了。

"你喝了酒？"有人说，语音懒慵慵的，"而且还很有点醉意。"

唐方一看，就见河塘对面，有一个又残又艳的人，手里托着一支烛，燃着一点烛光。

唐方心想：倒是好久没见过他了。自他闯浴之后，就一直没出现过了。

"怎么？奇怪吧？瞎子也点蜡烛？"花点月倦慵慵地说，"这烛是为你而点的。我瞎了，今晚月黑风高，我不想占人便宜。"

——听他的语气，仿佛残废是占了人很大的便宜似的。

唐方笑了："还说不占人便宜——还闯入浴房来呢！"

她也醉了五分，加上她本来说话一向就了无忌惮，所以此际就更不避讳什么。

"那次的事——"花点月的双眼像浸在深深深深的海底里，他的语音也像是隔着海传过来的，"——很对不起。"

唐方偏着头，双手负在背后，十指交缠剪动着，怪有趣地绕着花点月走了一圈，又饶有兴味地问："我原失去内力，是你下令要恢复的吧。"

花点月只道："原来老四都告诉你了。"

唐方道："看来，你在这儿也不过是身不由己。"

花点月苦笑道："我只是个傀儡。温、唐、雷三家，各有成见密谋在他们门里谋反，要另成一派，我这个外姓人，只好给抓来当他们的幌子。否则，他们三家派出来的人谁也不便当老大。当然，由我来当老大，另一个好处是他们谁都不信任我，但我也什么都干不出来。"

唐方诧道："那么温若红……"

花点月道："他无野心、也无此志，只不过，人在江湖，由不得他！"

唐方冷然道："真正拿得起、放得下，有原则、有良心，够定力、够胆色的人，是没'人在江湖，身不由己'这句话的！"

花点月静了半晌，然后才倦乏地道："可惜我只是个残废：脚不能行、目不能视，如果我不甘于受人利用，那么连活下去都成问题。"

唐方截道："这样活下去，岂不是跟死没有分别。你不告诉我，我还不知道你是个残废的！现在你自认为是，我才看得出来：难得你一身好本领，骨头却怎地轻！"

花点月一震。

他既没有暴怒，也没有伤情。

他脸上只有一种掩抑不住的倦意。

又残又艳。

唐方也觉得自己的话是太重了些了，于是说："花大当家，在这里，你是我最谈得来的朋友，我从不当你是残废的，坦白说，你不说我也看不出来，但你自己却把自己当成个废物，我觉得很可惜。"

"我还不能算是废物。"花点月笑了，"至少，我还拦着你，使你救不得你的朋友。"

"你不是废物，因为你也可以不拦着我，让我去救我的朋友。"

"你一定要救你的朋友？"

"因为他救了我。"

"——要是他不曾救过你呢？"

"只要是我真正的朋友，我都救——"唐方大剌剌也大大方方地说，"如果你有一天遇难，我也会救你。"

花点月笑了，微笑掀动了他残而艳的风姿："好，希望有一天，你能救得了我——我也能有幸为你所救。"

唐方笑了。

清风徐来。

有花香、有酒意、有一些情怀……既恬，又倦。

乘着醉意，唐方已有点分不清是夜的寂静还是人的寂寞。

——外面的杀伐怎么都止息了？

"你常常唱歌，唱的是什么？"花点月恬恬倦倦地说，"我看不清楚，但耳朵却很好。"

唐方笑意可掬也醉意可掬地轻唱了一段：

　　　　郎住一乡妹一乡，

　　　　山高水深路头长；

　　　　有朝一日山水变，

　　　　但愿两乡变一乡。

她的歌声清得要比清风还清，比凉风还凉。唱完便笑着说："真是一厢情愿的歌，是不是？"

花点月仿佛还没听够，侧着耳，还在细细品尝似的，良久才喟然道："听说你跟萧秋水萧大侠是一对儿？"

夜那么地黑，只要在黑暗里行上一阵子，整个人就像给浸透了一般，可是唐方脸上还是喜滋滋的、白生生的。

"他呀。"唐方说到心都甜了，"等救了徐舞出来我就找他去。"

花点月也唱了一句："……但愿两乡变一乡。"

花点月的歌声在略沙哑中里吞吐出款款的深情，唱完后，两人都笑了起来。

唐方笑说："你唱得很好听呀，好像……很多情、很有情、很多伤心的事情似的！"

"伤心？"花点月撇撇嘴唇，"谁伤得了我的心？"

唐方向他做了个鬼脸："呸，你——"这才想起他是看不见的。

花点月却似看见了似的，也笑了起来。两人笑了一阵，花点月才悠然道："还记不记得我们初见面的那一天？我遽然出手，看你还有没有留着武功，在你唇上点了点……"

"对了！"唐方一句便道，"你占了我的便宜。"

"嗯，你唇上的胭脂还留在我梦里呢！"花点月陶陶然地说，"还记得我们吃醉胭脂的那一夜……"

唐方本也笑着，笑眯眯也笑迷迷的，忽而觉得这话题有些不妥、不好，所以也有点不安、不悦了起来，忙更正道："是你吃醉胭脂，不是我们。"

花点月也神容一敛，语气也遽冷了下来："是我，不是你。现在，来救徐舞的是你，拦阻你救徐舞的是我。"

唐方的脸色也冷了下来："你真的要拦阻？"

花点月不多说什么。

他只说了一个字。

"是！"

——说得斩钉截铁，毫无周旋余地。

唐方打了一个冷战。

——不知是因为风太猛，还是太冷，或是酒意太浓？

第壹捌回　在水七方

恼怒、情急、惊恐加上醉意，她确是下了令她痛悔的重手！

花点月的左手遽然一震，嗖的一声，右袖猛地射出一道金光。

唐方身形疾闪。

但她要闪的时候金光已刺入她的头顶上。

她呆了一呆，伸手一摸，在发髻上撷下一支镖。

黄金打造的薄镖！

花点月冷峻地道："第一镖，我要射着你的发……"

"嗖"的一声，他的双手一振，却自右足炸起一道金芒。

唐方全身掠起，"燕子飞云纵"尚未展开，右耳一凉，一道金镖擦颊而过，射落了她右耳垂悬着的一颗小小的珍珠。

花点月一字一顿地道："第二镖，我要射落你的耳饰……"

唐方又惊又恐。

惊的是恐。

恐的也是惊。

——这样的出手，这样的对手，正是可恐可惊！

花点月冷酷地说下去："第，三，镖，我，要，你……"

话未说完，唐方已反攻。

（不能不攻！）

（不可束手待毙！）

（对手太厉害了，一定得要化守为攻，以攻代守！）

她一出手，右手打出一把"泼墨神斧"，左手撒出两支"留白神箭"。

——她明知不敌，也要一拼！

斧怒啸。

箭锐嘶。

……然后唐方几乎不能相信自己的眼睛：

——那一斧，就劈在花点月胸膛上！

——那两箭，也钉在花点月左右胁骨里！

花点月闷哼一声，仰天而倒！

这刹那间，唐方什么都明白了：

花点月不是避不了，而是根本没有避！

——他毕竟是这儿的老大，若要活下去，而又要让唐方过去救人，必须要付出点代价！

——所以他故意激怒唐方，逼她出手，然后他不闪不躲……

——这种情形跟温若红是一样的：温若红在醉倒前挥了一剑，表明了"若是我要拦阻你你就绝对过不去"；只不过，花点月还流了血、受了伤！

（伤得重不重？）

（会不会死？）

——这两点，连唐方自己也没把握。

恼怒、情急、惊恐加上醉意，她确是下了令她痛悔的重手！

她急急奔过去，要探看花点月的伤势，却听花点月一声低沉的闷喝：

"别过来！"

唐方顿住。

"快走！"

花点月嘶声道：

"这是最好的时机，救了人，马上离开！"

唐方只觉喉头一热，紧咬下唇，不让自己落泪："你……"

当花点月看见唐方转身展动身影的时候，他才真正感觉到伤处的痛。他知道，对她而言，这感情既是不可变易，也难以追回的，一如她展动的身姿。自从他遇见唐方之后，这地方不仅成了他的软禁，也成了他命定里的失意空间。他生命里有唐方，但一定会失去唐方，这点他更是明白不过……郎住一乡妹一乡……虽然相分两地，但那还是个幸福得够幸运的郎，不像他，他只是在这他甚哀伤她甚忧欢的这一晚里，是一头孤寂的狼。他一早就明白这个：甚至看到结局，预见下场。所以，那一次，他因雷以迅和唐拿西故意误传警报，让他去亲历唐方的斧箭，企图由他处得悉唐方的暗器手法（他自然是对他们说只及骤然接下，但摸不着对方出手路数），那一次，他确曾看见唐方美入骨髓里的裸体，他马上下了决定：他还是装瞎的好。这一来，唐方可以无怨，他也可以无伤唐方……那一次惊艳和乍丽之后，他总是想：他要付出代价的，不管是死、是伤……有时候，失败也是一种人格，受伤也是。

他只是给废了双腿，视力亦差，但并非失明。

花点月倒在地上，听到唐方远去的跫音，和他流血的声音。

——除了自己倒卧之处，河塘的三面七方，仿佛都有唐方的情影，和那欲浓似淡的胭脂余香。

当唐拿西正剔着指甲，跟他说道："……这是你最后的机会：我再问你一次——你是谁派来的？知道我们些什么？你们计划干些什么？你是怎么知道我们的秘密的？你再不说实话，这辈子就没有机会说任何话了。"被折磨拷问得遍体鳞伤的徐舞，却几乎不敢相信自己的眼睛，完全没有把唐拿西的话听进耳里。

他原本是给粗索捆在铁架上，浑身穴道已给封住，这"死屋"的门大开，也不怕他能逃得出去；而他的脸正是向着大门口的。

门外是池塘。

——"龚头南"本来就是环河而筑的，更利用水道布成绝妙的阵势，不知就里的人要是硬闯，定必遭殃。

被殴打得乱七八糟、头崩额裂的徐舞，本已不打算活了，只是他连一口真气也运聚不得，更休说是自绝经脉了。

在这里"看好戏"的人是唐拿西，但动手的人不是他，而是雷变和张小鱼！

——"志在千里"雷变和"百发千中"张小鱼，因与"行云流水"徐舞在江湖上齐名，就是因为曾经"齐名"，所以他们也特别恨他。

徐舞自知落在他们手里，可谓全无希望可言了。

他忍受痛。

他忍受苦。

——毕竟，他是为了救唐方。

为她，死也何怨，败亦无伤。

——可是，唐方走了没有？

（她可安然？）

（她可无恙？）

他又想起那井中的梦，梦中的井。几时，他这口枯竭的井，才有她倩影投下的一瞥？天涯茫茫，生死有别，唐方唐方，我还能见着你吗？

这样想着的时候，仿佛水畔塘边，都是唐方。

果真是唐方。

——那一张美脸，像流传千年的一首诗。

（那不是唐方吗？）

（那真的是唐方！）

——天！唐方怎么会来这里？！

——她怎么会在这里出现？！

震动中，徐舞完全没听见唐拿西对他说什么。

第壹玖回

哈！女人

"别着凉了。而今会打冷战和讲义气的女人实在不多，你要好好保重。"

唐方正悄没声息地逼近"死屋"。

唐拿西正背向着她。

忽然之间，唐方觉得背后又有那种给伺伏和窥视的感觉。

她不再前行。

她陡然站住。

唐拿西这时也看到徐舞那张口结舌、犹似梦中的神情。

"来的是你吧？"他头未回就已经这样说，"你竟敢第一个回来，也算够胆！"

唐方冷然道："我背后是名震江湖、卑鄙小人'火鹤'和'朱鹤'吧？"

背后的唐不全和雷暴光登时变了脸色。

——唐方毕竟只是他们的后辈。

——唐方这句话，非但不当他们是前辈，还简直把他们当作人渣看待！

接着唐方又道："二十四叔，没想到你是这种人。"

唐拿西挑着指甲上的污垢："唐方，你重回这儿，虽够胆气，也够义气，但一点也不聪明。不过，我实在不明白，花大当家和温老四怎么会让你溜进来的。"

"因为我打倒了他们。"唐方觉得这样说才是对他们最有利的，"现在轮到你了。"

唐拿西笑了，笑得十分慈悲。

唐不全、雷暴光、雷变、张小鱼等都笑了起来。

"你只有一个人，就算有通天的本领，却能打倒我们全部吗？"唐拿西笑问，语音尽是轻忽之意，"你知道我们这么多秘密，你想我们还会让你再逃出生天吗？"

唐方正待发话，但因寒风吹来，又激灵灵地打了一个冷战。

忽听徐舞嘶声道："唐姑娘，快走，别管我，你真要为我报仇，去找唐老太太才有办法……"因说得太急，吞了一直哽在喉间的一团凝结的血块，登时作不了声。

唐方眼见这原来大眼睛大鼻子大嘴巴雄赳赳威凛凛的男子，如今为了救自己给折腾成这样子，心中一热，啥都不管了，趁着醉意，一声清叱道："住嘴！你救我我就救不得你？待老奶奶来时，你已碎成七千块了！"

遂向渐包围上来的五人冷笑道："好，今天我唐方就一人来教训你们五个王八蛋！"

"嘿，"唐不全身形像一只怒飞的大鹳，"唐门居然有你这种目无尊长的人！"

"今儿不把你收拾得服服帖帖我就不姓雷！"雷暴光双手各"捏"了一团火，"使暗器的居然有你这种不长进的后辈！"

"什么后辈、唐门！使暗器的面子都给你们辱煞了！"唐方以七成英风三分俏煞叱道，"要清理门户、收拾鼠辈，正是我唐方的'大方一堂'首要之务！"

唐拿西倒是一怔："什么'大方一堂'？"

唐方因酒气渐减，加上给寒风一吹，又打了一个冷战，情知今晚既难逃这五大高手的毒手，但却还是热血填膺地不惜一拼，于是一切都豁了出去，大声道："'大方一堂'就是我唐方一人……"

忽听一人接道："还加上我'山大王'铁千——"

这人说着，如山地走了过来，为唐方披上了一件衣衫。

"别着凉了。而今会打冷战和讲义气的女人实在不多，你要好好保重。"

连唐方也呆住了。

她没想到山大王会忽然在这里出现。

她更没想到这个一脸伤痕和歪着鼻子的铁干会说出这样温柔的话和做出这般温柔的动作。

"——还加上我'佑将'小疑……"另外一个人也自黑暗中闪了出来。

"——以及我'佐将'老鱼……"老鱼背后还有一个人。

这回连唐拿西也忘了剔指甲了。

——这些人是怎么进来的?!

直至他听到另一个人也发了话,他才如梦初醒,如临大敌——

"当然也得加上我,'庄头北'的唐悲慈。"

说话的人也现身了,威严冷峻的一张多风霜的脸,颊边却有一双吊诡的酒涡!

——正是唐悲慈!

这回连唐方也叫出声来:"十六叔,你也来了!"语音无限欢欣。她一向都知道这个"十六叔"固然疼她,对唐老太太也确然忠心不贰,但一向公事公办,不徇私情,他会为自己闯入"龚头南",公然与"五飞金"为敌,不免又惊又喜又奇又乐。

唐悲慈只哼了一声。

其实不仅唐方觉得诧异,连唐拿西也大感意外,唐悲慈一向内敛沉着,如今直入"龚头南",只怕是有恃无恐,非有绝对把握决不敢冒险犯难。

唐拿西不是怕唐悲慈,他是忌他,而更怕的是唐悲慈背后有个唐老太太！

唐拿西强笑道："十六哥，久违了，没想到你也会驾临敝庄，真是有失远迎，怠慢至极，还请恕罪则个。"

唐悲慈冷哼道："少来假惺惺。这两人，我要救走，你放是不放？"

唐拿西忽然反问："唐堂正呢？"

老鱼却抢着答："给我们'山大王'的三十三名子弟引走了：他还以为我们都在大队里，给他打跑了呢！"

唐拿西心中一声咒骂，又问："雷以迅呢？"

这回是小疑回答："他那一队是给唐催催这小子引得团团转，一时三刻还转不回来哩。"

唐悲慈又重重地哼了一声。

唐拿西忍着怒火问："那你们是怎么进来的？"

"山大王"用手向徐舞一指："多亏这个头破血流的好家伙，一早便把贵庄的布阵破法送了出来。我就按着法门走，果然他奶奶的人没碰鬼也没遇上的就进来了！"

唐拿西恨恨地道："就你们几个？"

"怎么？"唐悲慈一扬袖，道，"你要看了实力才放人？"

他的袖子一扬，黑暗里有幢幢人影闪晃，唐拿西眼快，已瞥见"庄头北"里的唐门好手：唐果老、唐大宗、唐太忠都在里面……也就是说，唐悲慈带来的人，全都是唐门的尖峰高手。

好汉不吃眼前亏，看来唐悲慈的来意并不想即时厮斗，何况唐堂正和雷以迅又给引走了，花点月和温若红又不知溜到哪儿去了！

唐拿西当下涎着笑脸，道："我要是放了徐少侠和唐女侠，你们立刻就走？"

唐方即道："你并没有扣住我，你也扣不住我！"

唐悲慈冷哼道："今晚我并不想跟你立见生死，可是你得记住，你们'五飞金'少惹是生非，志大气高，总有一天，蜀中唐门的人会好好地清理门户。"

"那是以后的事，以后再说吧。"唐拿西面不改容地说，"到时谁清理谁还不知道呢！"

他示意唐不全放掉徐舞。

唐方立刻要过去相扶。

老鱼和小疑立即闪了出来，左右搀扶着徐舞。

唐方正乐得清闲，忽然秀眉一蹙，便把披着的褂子丢回给山大王。

山大王奇道："怎么？你不冷吗？"

"谢了。"唐方嫣然笑道，酒涡深深，笑颜款款，"你的衣服有一股异味，好久没洗了吧？"

山大王登时为之瞠目，只从鼻子呼噜呼噜着大气，咕噜咕噜地说："哼，女人！嘿，女人！"

又摇了摇头，踩碎了什么似的啐了一句："哈！女人！"

第贰拾回

哗，唐方！

这样一个看来莽烈、豪壮、粗野且一脸疤痕、鼻无完骨的汉子，竟会发出如许无奈、寂寞和深情之叹息来。

一行人离开"龚头南"的时候，唐方还笑嘻嘻地向大家说："难得你们都加入了我创的'大方一堂'，君子一言，驷马难追哩。"

老鱼搔搔头皮，望向山大王："这个嘛……"

小疑抓抓耳朵，看着山大王："那个么……"

山大王没好气地说："哼嘿，女人！"

唐悲慈只绷着脸，说："胡闹！"

徐舞的伤口都在痛，但心里却感动得死去活来，一听唐方问起，他就忙着响应："我加入，誓死追随！"

唐方看了他一眼，笑了起来，笑得浪浪的，像一个以食花为粮的仙子，敢情她的醉意犹未全消："你都是给我害的，不生气吗？"

"我怎么生气？"徐舞一看就痴了六分，迷了三分，只剩下一分清醒，还给笨拙占去了一半，只会说，"你来救我，我怎会生气呢！"

"哦，"唐方笑说，"如果我不来救你，你就会生气了哦？"

徐舞一时答不上来。

唐方忽又去惹唐悲慈："十六叔，你亲自来救我，真令我意想不到。"

唐悲慈怒气冲冲的样子。

山大王却说："他？别充好人了！他是给他儿子骗来的！"

"对了，"唐方说道，"唐催催呢？"

老鱼即把他那位山大王的话头接了下去："唐催催见大王回头去救你，他自知实力不足，去了也是枉送性命，于是飞鸽传书，去叫他老爹来这里……"

小疑把话头接了下去，叙述得更周详一些："你道这位一向不轻易出动的唐老先生为何会'随传随到'！原来他的好儿子是冒了唐老太太下令要'庄头北'的人全数出动来救你，所以他就匆匆赶来，发现真相之后，气得什么似的，几乎要毙了他的宝贝儿子，不过，跟雷以迅等人已对上了，只有照我们大王的策略，连把雷以迅、唐堂正等人引走，再潜入'龚头南'救你了。"

山大王补充道："他是米已成饭，不救也不行了。"

唐悲慈还是绷着脸，怒发冲冠的样子。

这时，"山大王"那三十五骑子弟，俱功德圆满，自各方赶回来聚集，都在兴高采烈地叙说如何英勇拒敌、引走追兵的事迹。

唐悲慈不禁问："催催呢？"

这时，也是赶来协助救援行动、引走"五飞金"之主力的古双莲答道："他一不小心，给雷以迅逮住了，已押回'龚头南'去了。"

"什么？！"唐悲慈脸上有几根青筋都跳动了起来，过了好一会，才能平复下来，但衣衫仍似波浪般地抖动不已："也罢。"他长叹道："活该！"

在他身边的唐门好手唐果老不禁凑前问："我们要不要——"

"不！"唐悲慈斩钉截铁地道，"不能因那逆子再冒上一次险！"

"哪有此事！怎么可以？！"唐方叫了起来，勒马，回首，马蹄滴溜溜转了一圈，然后下决心地道，"唐催催是为我的事而遭擒，他老爹为顾全大局不救，我去救！"

说罢，一扬鞭，马作的卢快响，朝南而去。

马上的她，黑衣白颊，分明得像曙光。

"十六叔，你千万要放心，我会救出催催师哥的！"她的声音自风里自夜里自黑暗里传回来，"十六叔，你也千万别起歹意，我看你目露凶光，可别生杀了徐少侠、山大王灭口之念，他们既为你取得'五飞金'的机密，就是你的朋友，你别以为他们是会出卖朋友的人！你要是对付他们，我就一定在老奶奶面前说尽你的不是！"

唐悲慈愣于马上，脸上一阵红，一阵白，长髯无风自扬、有风更扬，也不知是正在感动，还是惭愧。

小疑看着唐方远去，不禁问山大王："大王，我们……"欲言又止。

老鱼跟小疑一向心灵相通，替他问了下去："……能袖手不理吗？"

"山大王"叹了一声。

徐舞忽然觉得，这叹息之声非常熟悉。他想起来了，那次"一风亭"擂台比武，唐方给毒倒了，让唐拿西等人接走之后，徐舞也听到过这一声叹息。这一声叹息，充满了深情、寂寞和无奈，那时候唐方刚去，"山大王"就在他身边，他那时候并没有猜到是山大王，因为他完全无法想象：这样一个看来莽烈、豪壮、粗野且一脸疤痕、鼻无完骨的汉子，竟会发出如许无奈、寂寞和深情之叹息来。他现在知道了，也明白了，正如同自己进入"五飞金"当"卧底"一样，山大王为何会那么紧张这件事、为何愿做一件事，还有他是为何而来。徐舞想到这里，摸了摸怀里还珍藏着的那柄曾毒倒了唐方但已给他祛了毒的斧头，并把它抽了出来，迎着半空扬了一扬，忘了自己身上的伤，只喊道："要跟唐方一齐救唐催催的，跟我来！"

一群人和数十骑又浩浩荡荡地逼近"五飞金"。且听鼓声咚咚不已，众人抬目望去，只见唐方这回反攻，更是令"五飞金"的人出其不意，仓促应战间给她抢登了"金鼓楼"，敌人便团团围住楼下，剑拔弩张，如临大敌。这时庄内人声沸荡，灯火通明，只见黑衣白脸、秀发飘扬的她，在楼上望见大队赶来接应她，更是奋喜无尽，即抢过鼓槌，振起一双玉臂，大力地敲响金鼓，咚咚声中，激扬起她的英气、众人的士气。

只听古双莲遥遥地叫了一声："哗！唐方！"

完稿于一九八九年四月中旬
与"自由人"刘定坚进行策划出版
"四大名捕"周刊期间

请续看《神州奇侠之神州血河车》

（京权）图字：01-2025-1657

图书在版编目（CIP）数据

神州奇侠 . 唐方一战 / 温瑞安著 . -- 北京：作家出版社
2025.5

ISBN 978-7-5212-2735-2

Ⅰ . ①神… Ⅱ . ①温… Ⅲ . ①长篇小说 - 中国 - 当代
Ⅳ . ①I247.5

中国国家版本馆 CIP 数据核字（2024）第 054525 号

神州奇侠：唐方一战

作　　者：温瑞安
责任编辑：秦　悦
特约编辑：焦无虑　张长弓　陆破空
装帧设计：薛　怡
出版发行：作家出版社有限公司
社　　址：北京农展馆南里 10 号　　　邮　　编：100125
电话传真：86-10-65067186（发行中心）
　　　　　86-10-65004079（总编室）
E-mail: zuojia@zuojia.net.cn
http://www.zuojiachubanshe.com
印　　刷：河北京平诚乾印刷有限公司
成品尺寸：142×210
字　　数：120 千
印　　张：5.25
版　　次：2025 年 5 月第 1 版
印　　次：2025 年 5 月第 1 次印刷
ISBN 978-7-5212-2735-2
定　　价：44.80 元